POÉSIES

DE

CORNELIUS GALLUS

TRADUCTION NOUVELLE

PAR M. JULES GENOUILLE

PROFESSEUR AU COLLÈGE SAINT-LOUIS

PARIS

C. L. F. PANCKOUCKE

MEMBRE DE L'ORDRE ROYAL DE LA LÉGION D'HONNEUR

ÉDITEUR, RUE DES POITEVINS, N° 14

M DCCC XXXVI.

VIE DE GALLUS

ET CRITIQUE DES OUVRAGES QUI LUI SONT ATTRIBUÉS.

Parmi les poètes élégiaques qui ont illustré le siècle d'Auguste, un nom a surnagé jusqu'à nous à côté des noms plus célèbres d'Ovide, de Catulle, de Tibulle et de Properce : c'est celui de Cnéus ou Publius Cornelius Gallus. Suétone[1] en a consacré la mémoire dans ses écrits; Virgile, dans sa dixième églogue; Ovide[2] et Properce[3], dans leurs ouvrages, lui ont payé le tribut que réclamait d'eux l'amitié; enfin Quintilien[4] l'a cité comme l'un de ceux qui ont placé l'élégie latine à côté des chefs-d'œuvre de la Grèce antique.

Tous les auteurs et tous les critiques qui se sont occupés de Gallus, quand ils veulent indiquer sa patrie, lui donnent le surnom de *Forojuliensis*. Quelques auteurs en ont conclu qu'il était né à Fréjus; en sorte que la Gaule romaine pourrait le compter parmi ses illustrations littéraires. Malheureusement il ne s'agit point de la ville ainsi appelée dans la Narbonnaise, mais d'une autre ville du même nom située dans l'ancienne Vénétie, et aujourd'hui dans le Frioul. Flavio Biondo, qui était né à Forli, près de Ravenne, a essayé de revendiquer pour sa patrie la gloire d'avoir produit Gallus, prétendant

1. *Vie d'Auguste*, ch. LXVI.
2. *Amours*, liv. I, v. 25.
3. Liv. II, élég. 34, v. 91.
4. *Institution oratoire*, liv. X, *Poètes élégiaques*.

1

qu'il faut lire *Foroliviensis*, donné, suivant lui, par un assez grand nombre de manuscrits : mais il a été démontré que les manuscrits furent altérés à une époque quelconque, et les autres raisons de Biondo ne sont pas de nature à entraîner toute conviction contre l'opinion universellement admise [1]. Nous dirons donc que Cornelius Gallus naquit à Fréjus, l'an de Rome 688. Son nom donnerait à penser qu'il était issu par quelque branche, de la famille Cornelia [2], qui avait produit les Scipions et tant de grands hommes. En supposant qu'il en fût ainsi, il y aurait eu du moins long-temps que la branche se serait détachée de la tige, puisque rien n'indique la parenté la plus éloignée, et que des témoignages unanimes [3] font sortir au contraire Gallus d'une famille pauvre et obscure. C'est ainsi qu'on dispute encore aujourd'hui sur la famille et la patrie d'Homère, de Properce et de tant d'autres hommes dont la littérature ou les arts proclament les noms de siècle en siècle. Leur naissance a été à peine remarquée, parce qu'on jette à peine un regard sur une vie qui paraît, dès son principe, dévouée à l'obscurité. Mais que de fois le génie a triomphé de la fortune ! que de fois il a conquis l'immortalité, alors même que ses œuvres ne sont plus ! et des monumens gigantesques, tant de provinces ravagées, tant de sang répandu, n'ont valu souvent aux conquérans et aux rois qu'une réputation bien éphémère.

1. *Voyez*, dans la *Biographie universelle*, la méprise qui a été faite au sujet de la patrie de Gallus.

2. Cette opinion aurait plus de poids, si l'on parvenait à démontrer une opinion que de nombreux commentateurs ont émise, savoir, que la cinquième élégie du premier livre de Properce est adressée à Cornelius Gallus. On y lit, en effet, vers 23 :

Nec tibi nobilitas poterit succurrere amanti.

3. Cependant Bernardin de Saint-Pierre, dans le préambule de l'*Arcadie*, fait naître Gallus d'un consul romain. Il n'avait sans doute étudié la biographie de notre poète que dans les commentateurs de Virgile, dont nous parlerons dans la suite de cette Notice.

On ignore ce qui commença la fortune politique de Gallus ;
mais en 712 , après la bataille de Philippes , on le voit nommé
triumvir avec Asinius Pollion et Alphenus Varius , pour lever
des tributs dans la Gaule Transpadane , au profit des vétérans
de César et d'Auguste. C'est à lui particulièrement que Virgile
eut recours , lorsqu'il fut dépouillé de son héritage. Gallus
apprécia le jeune poète, lui fit rendre une justice qu'il méritait, le présenta même à Auguste sans s'arrêter aux calculs
d'une vanité égoïste , et s'unit enfin à lui de la plus étroite
amitié. Après cette conduite généreuse que l'on a trop passée
sous silence , comme si la vertu n'était pas assez rare pour
mériter toujours d'être encouragée par un juste éloge , Gallus
rentra dans la vie obscure qu'il avait menée jusqu'alors , et
l'histoire ne s'en occupe plus. Il reparaît dans la guerre d'Antoine. César, victorieux à Actium, l'envoya devant lui en Égypte,
et Gallus se montra digne de la confiance que mettait en lui
son général. Il recueillit quatre légions d'Antoine , s'empara
d'Alexandrie, repoussa les attaques des ennemis et coula même
à fond la plus grande partie de leur flotte. Aussi , après la
mort de Cléopâtre et la réduction de l'Égypte en province
romaine, Auguste le créa préfet de cette nouvelle conquête,
mais autant par politique que par reconnaissance , s'il en faut
croire Dion , parce qu'il craignait, dit l'historien, de confier
à un noble une province riche , puissante , nouvellement con-
quise, et que des intrigues , ou même une hauteur maladroite,
auraient aisément fait soulever. Thèbes ne s'en révolta pas moins
sous la préfecture de Gallus , parce qu'il la frappa d'une contri-
bution exhorbitante. Le soulèvement fut réprimé avec bonheur
et activité, mais puni avec une cruauté barbare ; car le préfet
ordonna, suivant Ammien, le pillage de la ville , ou même la
détruisit de fond en comble , au rapport de quelques autres
historiens. Enorgueilli par cette victoire, que sa mauvaise administration seule lui avait donné occasion de remporter, Gallus se
fit ériger des statues dans toute l'Égypte, dont il venait de trai-
ter si indignement l'ancienne capitale , et fit graver ses exploits

sur les Pyramides. La légèreté de ses propos [1] n'épargna pas
même Auguste, qui l'avait comblé de tant de bienfaits. Le
prince fut irrité de son ingratitude : mais, suivant Suétone, il
se contenta de le rappeler et de lui interdire son palais et ses
provinces [2]. La chose cependant n'en resta pas là. Ses ennemis,
et même Valerius Largus, son collègue et son ami, avaient
dénoncé au sénat sa conduite. Unanimement condamné à une
forte amende et à la peine infamante de l'exil, il ne put
survivre à sa honte et se donna la mort. Auguste, ajoute
Suétone, loua le zèle de ceux qui le vengeaient ainsi : mais
il pleura et se plaignit amèrement *quod sibi soli non liceret
amicis, quatenus vellet, irasci,* « de ce qu'il ne lui était pas
permis, à lui seul, de se fâcher avec mesure contre ses amis.»

On convient assez généralement que Gallus vécut de quarante à quarante-trois ans, et qu'il mourut l'an de Rome 727,
vingt-six ans avant notre ère. Cette date n'a cependant rien
de bien certain, comme il est aisé de le voir en parcourant
les commentateurs. Il en est qui lui font gouverner dix ans la
province d'Égypte, qui ne fut soumise qu'en 724; Servius, le
commentateur de Virgile, va même jusqu'à reculer la préfecture d'Égypte à l'année 742, et la mort de Gallus à l'année 758.
Mais tous les critiques regardent cette assertion comme une
erreur de mémoire, et, à quelque temps qu'ils aient parus,
ils s'accordent à placer la mort de Gallus quelques années au
moins avant celle de Virgile, qui s'éteignit à Brindes, comme
on le sait, en 735, par une maladie de langueur.

Gallus aima, dit-on, une certaine Cythéris, affranchie de
Volumnius, et la célébra dans ses chants sous le nom de Lycoris. C'était lui assurer l'immortalité que Properce donnait à

1. Ovide a dit (*Tristes*, liv. II, élég. I, v. 445):

    Nec fuit opprobrio celebrasse Lycorida Gallo,
      Sed linguam nimio non tenuisse mero.

2. Auguste s'était réservé le commandement des provinces les plus riches,
et les faisait gouverner par des préfets qu'il révoquait à son gré. Les autres
étaient données par le sénat, comme au temps de la république.

Cynthie; mais elle en parut peu touchée, puisqu'elle l'abandonna pour s'attacher à un autre amant [1]. Gallus en fut inconsolable. Virgile avait déjà rendu au talent poétique de son ami un éclatant hommage, églogue vi, v. 64 :

Tum canit, errantem Permessi ad flumina Gallum
. Aonas in montes ut duxerit una sororum ;
Utque viro Phœbi chorus assurrexerit omnis.

Il essaya, dans la dixième églogue, de ranimer son courage abattu et de détacher son cœur, si la chose était possible, d'une ingrate qui ne méritait pas de tels regrets. On n'en a pas moins prétendu qu'après avoir payé à la douleur d'un ami un tribut si noble et si touchant, Virgile se serait rendu coupable envers lui d'une lâcheté insigne. S'il en faut croire certains commentateurs, il avait encore consacré à son éloge une partie du quatrième livre de ses *Géorgiques;* mais après la disgrâce de Gallus, il y aurait substitué, par la crainte d'offenser Auguste, le magnifique épisode d'Aristée. A ne consulter que nos plaisirs, il semble au premier aspect que nous aurions tort de nous en plaindre : tant l'inspiration du poète, dans cet épisode, a été constamment heureuse ! Cependant, si l'on observe que l'intelligence se resserre ordinairement avec le cœur, que jamais une jouissance ne fut complète sans être

1. On a cru que c'était Antoine le triumvir, parce que Cicéron a écrit plusieurs fois, notamment dans ses *Lettres à Atticus,* qu'Antoine promenait avec lui dans ses expéditions la comédienne Cythéris. La ressemblance de nom a donc trompé plusieurs critiques, et, parmi eux, Scaliger. En effet, l'une des lettres de Cicéron porte la date de 704, et Gallus n'avait que seize ans : il était par conséquent impossible qu'il eût aimé, qu'il eût écrit quatre livres d'élégies en l'honneur de Lycoris, et qu'ensuite il en eût été abandonné. D'un autre côté, on croit pouvoir affirmer que la dixième églogue de Virgile a été composée onze ans avant la mort de Gallus, c'est-à-dire en 716. Il aurait fallu assurément que Gallus fût bien inconsolable, pour que son ami se crût obligé de lui rendre le courage douze ans après la fuite de son infidèle *.

* Cette notice était déjà sous presse, lorsque j'ai trouvé le même calcul fait par l'abbé Souchay (*Mémoires de l'Académie des Inscriptions et Belles-Lettres,* t. xvi, 1751). Son travail avait probablement échappé aux modernes biographes de Gallus.

en même temps chaste et pure, et que toute âme généreuse la répudiera toujours, quand il faudra ramper dans la boue avant d'arriver jusqu'à elle, on gémit de voir peser un tel soupçon sur le créateur de l'épopée latine. Heureusement, rien n'est venu confirmer l'assertion de quelque détracteur obscur ; au contraire, la liaison parfaite qui existe entre l'épisode d'Aristée et le commencement du livre, le caractère bien connu de Virgile, l'estime de ses contemporains, de ses amis, d'Auguste lui-même, surtout d'après les paroles de Suétone, qu'il aurait perdue par une semblable palinodie; tout nous porte à regarder cette anecdote, avec le P. La Rue, comme calomnieuse et invraisemblable.

Gallus avait commencé sa réputation poétique par une traduction en vers latins des poésies grecques d'Euphorion de Chalcis ; mais ni la traduction ni l'original ne sont parvenus jusqu'à nous. On peut seulement conjecturer, d'après la sixième églogue de Virgile [1], que parmi les poésies d'Euphorion, il y en avait quelques-unes sur l'agriculture et dans le genre de la *Théogonie* d'Hésiode, et les commentateurs nous apprennent que Gallus, en marchant sur les traces de son modèle, avait célébré la forêt de Grynée, en Éolide, où Apollon avait un temple et rendait des oracles. Ensuite, à l'exemple d'Ovide, de Catulle, de Tibulle et de Properce, Gallus chanta aussi ses amours et composa quatre livres d'élégies, dont nous avons également à regretter la perte. Sa réputation a survécu à ses ouvrages. Quintilien, au dixième livre de son *Institution oratoire*, assigne à Tibulle le premier rang dans l'élégie, mais en ajoutant qu'on lui préférait souvent Properce; il nomme ensuite Ovide, qui est, dit-il, trop

---

1.   . . . . . . .Hos tibi dant calamos, en accipe, Musæ,
        Ascræo quos ante seni : quibus ille solebat
        Cantando rigidas deducere montibus ornos.
        His tibi Grynæi nemoris dicatur origo :
        Ne quis sit lucus quo se plus jactet Apollo.
                     (*Bucol.*, ecl. vi, v. 69.)

fleuri, et il donne enfin à Gallus la quatrième place, mais en
lui reprochant sa dureté. On suppose « qu'il avait probablement contracté ce vice à l'école des poètes d'Alexandrie, et
d'Euphorion en particulier qu'il avait pris pour modèle, et
qui, selon saint Clément, ne pouvait être clair et harmonieux
dans le style, puisqu'il était si souvent et si profondément
obscur dans les choses [1]. »

Ovide, dans ses élégies [2], n'en avait pas moins promis à
Gallus et à Lycoris l'immortalité, et leurs noms ont survécu en
effet à la barbarie du moyen âge. Il n'en est pas de même des
écrits du poète, qui sont perdus aujourd'hui, et peut-être sans
retour. L'estime que les anciens avaient eue pour eux les faisait
universellement regretter, lorsque Pomponius Gauricus fit
imprimer à Venise, en 1501, six élégies ayant pour titre :
Cornelii Galli fragmenta. Ces pièces étaient connues depuis
très-long-temps ; mais tous les manuscrits les donnaient sous
le nom d'un certain Maximien, dont on n'avait point encore
recherché la vie. Pomponius appuya son opinion sur des raisons assez peu convaincantes qu'il énonça dans une préface,
avec toute la confiance d'un jeune homme de dix-neuf ans :
car tel était son âge quand il publia cet opuscule. « Les
écrits de Gallus, dit-il, sont entièrement perdus pour nous, à
l'exception des élégies que je publie, et qu'il paraît avoir
écrites en Égypte un peu avant sa mort. Qu'il soit né dans la
Toscane, qu'il ait été poète, orateur, adonné au vin ; qu'il ait
aimé Lycoris, qu'il ait été préfet en Égypte : c'est ce que leur
lecture indique avec la plus grande évidence. Si l'on pèse avec
soin ces rapprochemens nombreux, on avouera, sans doute,
que cet ouvrage appartient à Gallus seul, et non pas à un
autre, comme l'ont pensé quelques savans, faute d'une attention assez sérieuse. »

1. *Biographie universelle*, art. GALLUS.
2.   Gallus et Hesperiis, et Gallus notus Eois,
       Et sua cum Gallo nota Lycoris erit.
                (*Amor.* lib. 1, eleg. 15, v. 29.)

Quand bien même les assertions de Pomponius seraient exactes, on pourrait encore lui demander comment il concilie le langage de Gallus dans ses élégies avec ce que l'histoire nous apprend de lui. Ainsi, il est reconnu qu'il mourut à quarante-trois ans au plus tard et d'une mort volontaire : comment se fait-il donc qu'il se plaigne continuellement des incommodités de la vieillesse? Dira-t-on qu'il y a fiction de sa part? Il faut alors n'accorder à ses écrits aucune créance (car comment reconnaître ce qui est vrai, de ce qui ne l'est pas?), et chercher ailleurs que dans son ouvrage des preuves d'authenticité. Mais c'est à Pomponius lui-même qu'il faut renvoyer le reproche de n'avoir pas lu avec une attention assez sérieuse l'ouvrage qu'il éditait. Sans doute Cornelius Gallus était poète; il a pu être orateur et s'adonner même aux plaisirs de la table : mais il était du Frioul, et l'auteur des élégies est né, de son propre aveu, en Toscane ou tout au moins en Italie; mais il était préfet d'Égypte, et l'on ne trouve aucune trace de ses hautes fonctions dans le vers[1] de la ve élégie auquel fait allusion Pomponius, puisque *legatus* n'a jamais signifié *préfet*, comme on l'entendait au temps d'Auguste, et que l'expression *oriens* ne s'appliquait point alors à l'Égypte, mais à des contrées bien différentes, telles que les Indes et le pays des Sères, aujourd'hui la Chine. Enfin, si l'on trouve dans la seconde élégie le nom de Lycoris, ce n'est point une raison suffisante de conclure que ce soit la Lycoris de Gallus, puisque d'autres poètes ont également donné ce nom à quelqu'une de leurs maîtresses, ou à une femme en général, comme l'emploie Horace, *Od.*, l. i, 33 :

Insignem tenui fronte Lycorida
Cyri torret amor.......

Pomponius a donc entassé des probabilités assez peu convaincantes, et, de plus, il mérite le reproche d'avoir agi de

[1]. Missus ad Eoas legati munere partes.

mauvaise foi. Deux vers de la quatrième élégie [1] attestaient que Maximien, et non pas Gallus, était l'auteur de ces différentes pièces : plutôt que de se rendre à l'évidence, il a retranché le distique, comme si tous les manuscrits ne le donnaient pas unanimement, de manière à ce que l'on ne pût admettre, malgré toute la bonne volonté possible, l'hypothèse d'une interpolation quelconque. L'erreur n'en était pas moins facile à saisir. Les six élégies présentent une foule d'expressions barbares, qui trahissent un siècle de décadence, et un assez grand nombre de fautes contre la métrique : ce n'est assurément ni la pureté, ni la délicatesse qui régnaient au siècle d'Auguste ; et Quintilien n'aurait pas conseillé à la jeunesse un auteur chez qui la langue et la mesure étaient si maltraitées.

Mais si Pomponius fait preuve de peu de goût et de bonne foi dans sa critique, en attribuant ces pièces à Cornelius Gallus, à quel auteur devrons-nous les restituer?

Nous l'avons dit plus haut : tous les manuscrits avant Pomponius écrivaient à la suite du titre le nom seul de Maximien ; tous les critiques qui vinrent après lui, et qui reconnurent si facilement l'erreur ou la fraude, rétablirent le nom de Maximien à la tête de ses élégies. Après une tradition aussi constante et aussi unanime, le doute n'est plus permis, et toute discussion serait aussi inutile que superflue.

On s'est peu occupé pendant long-temps de la personne de Maximien et du temps où il vécut, parce que l'attention se reportait tout entière sur son pseudonyme. Son nom même a varié suivant le caprice des éditeurs : Broukhuse en plusieurs endroits de ses notes sur Tibulle et Properce, et Markland, d'après Broukhuse, lui donnent le prénom de Longinus ; Goldastus, qui fit imprimer les six élégies parmi les poésies érotiques d'Ovide, appelle leur auteur Cornelius Maximianus Gallus Etruscus, et toutes les éditions vulgaires ont adopté

---

1.   Atque aliquis, cui læta foret bene nota voluptas,
       Cantet ; cantantem Maximianus amat.

les noms de Goldastus, car l'alliance de Gallus et de Maximien dispensait la paresse de toute recherche, et laissait indécise une question de propriété qui était pourtant si facile à résoudre. Tous ces noms supposés ont tombé devant les faits. Les travaux des érudits ont prouvé que le nom de *Cornelius* n'a jamais été un des noms de famille des Maximiens. Quant à *Longinus* et *Gallus*, rien n'appuie les suppositions de Goldastus et de Broukhuse, et le surnom d'*Etruscus*, comme celui de *Forojuliensis* donné à Gallus, indique simplement la patrie du poète.

En effet, s'il en faut croire strictement ce que Maximien dit de lui-même dans ses élégies [1], il serait né en Toscane, sans que l'on puisse toutefois conjecturer la ville ou l'endroit précis qui lui aurait donné le jour. Toutefois, on a observé qu'après la chute de l'empire d'occident, l'appellation *Etruscus* était devenue synonyme de *Romanus* ou *Italus*, comme le prouvent certains passages extraits des auteurs de cette époque. C'est une conjecture dont rien n'appuie la vérité ou la fausseté. En la supposant vraie, elle ne ferait que jeter encore plus de vague sur la patrie de Maximien.

Les opinions ont été partagées sur l'époque où il a vécu. Un critique assez distingué [2] l'a confondu avec un autre Maximien, abbé de Saint-Grégoire, à Rome, et plus tard évêque de Syracuse, qui fut un littérateur célèbre vers le commencement du septième siècle, et l'ami du pape Grégoire-le-Grand; mais, indépendamment de tout autre motif, l'on répugne à attribuer des poésies aussi licencieuses à un évêque, dont les mœurs, au rapport des auteurs contemporains, ont toujours été pures. Un autre [3] suppose Maximien encore plus près de nous. Il le recule jusque vers le commencement du dixième, et peut-être même, ajoute-t-il, du onzième siècle, parce que le nom de Maximien ne paraît, dans les ouvrages du moyen âge, qu'à l'année 1240. A cette époque, Alexandre

1. Liv. I, élég. 59, v. 5 et 40.
2. REINESIUS, lettre LXXXI, à *Daumius*.
3. BERNARD MONETA, *Add. à Ménage*, t. I, p. 338.

de Villedieu, professeur en l'Université de Paris, proscrivait dans les écoles ce qu'il appelait *nugas Maximiani,* et préten- dait les remplacer par une grammaire dont il était l'auteur. C'était une singulière substitution aux élégies de notre Maxi- mien. Mais la vérité ne tarda pas à paraître ; Ducange[1] et Fonta- nini[2] découvrirent, par de savantes et laborieuses recherches, qu'il avait existé deux Maximiens : l'un, auteur des six élégies ; l'autre, Français et auteur d'une grammaire qui était encore adoptée dans l'Académie de Paris quand Alexandre de Ville- dieu écrivit la sienne. Dès-lors, on attribua encore à ce second Maximien des pièces de vers sur la vertu, l'envie, la colère, la patience et l'avarice, dont les ouvrages du temps ont fait mention, et quelques distiques cités avec le nom de Maxi- mien, mais que l'on n'a retrouvés dans aucun manuscrit ni dans aucune édition de nos six élégies[3].

Reste une troisième opinion plus généralement adoptée par les critiques, et d'après laquelle Maximien aurait vécu au temps de la domination des Goths en Italie. On l'appuie en rapprochant des faits connus d'ailleurs, certains passages de notre poète : car, nous le répétons, on ne connaît guère de sa vie que ce qu'il nous en a appris lui-même.

En quelque endroit qu'il soit né, il est certain qu'il fut élevé à Rome, et l'éducation qu'il y reçut indiquerait assez qu'il naquit d'une famille noble ou du moins d'une famille riche. On le voit, en effet, se livrer à tous les exercices qui pouvaient développer le corps ou l'intelligence. D'un côté, il

1. *Nomencl. ad Gloss. latinum.*

2. *Histoire littéraire d'Aquilée*, ch. iii, p. 50.

3. Maximien a dû composer cependant d'autres vers, puisqu'il nous dit lui-même (élég. i, v. 11) que, dans sa jeunesse,

Sæpe poetarum mendacia dulcia finxi.

Mais ces premiers essais ne sont point arrivés jusqu'à nous ; et les pièces dont il est ici question, ou ne nous sont connues que par leurs titres, ou ne pré- sentent, soit pour les idées, soit pour le style, aucune analogie avec ce qui nous reste de Maximien.

s'adonna à la poésie et à l'éloquence, et soit au Parnasse, soit au barreau, il obtint les plus brillans succès, s'il en faut croire sa jactance; de l'autre, il cultivait tous les vieux exercices du Champ-de-Mars, la course, la lutte, etc., et, comme au temps d'Horace, il franchissait ensuite à la nage les eaux du Tibre [1]. Cette coutume a fourni une première indication sur l'époque où vivait Maximien. Rien, en effet, ne nous porte à croire qu'elle ait survécu à la domination romaine, surtout au milieu des guerres continuelles qui suivirent. Végèce, au contraire, qui vivait au cinquième siècle, nous apprend positivement [2] qu'alors encore les jeunes Romains s'adonnaient à ces exercices du Champ-de-Mars, et se jetaient ensuite dans le Tibre pour laver en nageant et la poussière et la sueur. Cette première observation, sans être une preuve convaincante, circonscrit cependant la difficulté en deçà du sixième siècle.

Une probabilité plus grande résulte du distique que nous avons déjà cité, él. v :

Missus ad Eoas legati munere partes
　　Tranquillum cunctis nectere pacis opus,
Dum studeo gemini componere fœdera regni.

On y voit, en effet, que le monde romain était déjà divisé en deux empires, qui n'étaient plus unis comme sous les enfans de Théodose, mais qui conservaient ensemble des relations assez fréquentes. Or, tant que la postérité d'Honorius régna en Italie, les empereurs d'orient, après Marcien, n'ayant de titre à l'empire que l'intrigue et l'élection du peuple ou des soldats, et attaqués sans cesse par les Perses, ne songeaient aucunement à disputer aux empereurs d'occident le légitime héritage de Théodose. Ce ne fut qu'après l'attentat de Maxime sur le dernier Valentinien, qu'ils jetèrent leurs regards sur

1.　Innabam gelidos Tiberini fluminis undas.

(*Eleg.* 1, v. 37.)

2. « Sudorem cursu et campestri exercitio collectam nando juventus abluebat in Tiberi. » (*De Arte milit.*, lib. 1, c. 3.)

l'Italie, et qu'ils essayèrent de réunir sous leur sceptre généralement débile, ce qu'on appelait encore les deux empires.
Donc Maximien n'a pu exister qu'entre l'usurpateur Maxime,
ou mieux encore, entre Romulus Augustule et les conquêtes
de Bélisaire. L'histoire vient appuyer ces conjectures. On
trouve dans Cassiodore [1] une lettre de Théodoric, roi des
Goths, à un Maximien qu'il appelle *vir illustris*, et auquel il
recommande certains travaux et certains détails de police à
Rome. Dans une autre lettre [2], il est encore fait mention de ce
même Maximien, auquel est donné le même titre, *vir illustris*.
Enfin, on sait les velléités que Zénon et son successeur
Anastase montrèrent plusieurs fois, de revendiquer l'Italie,
et que s'ils en laissèrent Théodoric en possession, si même ils
lui envoyèrent les ornemens royaux, c'est qu'ils ne se sen-
taient pas assez forts pour lui arracher sa conquête. Il y eut
donc entre eux des négociations fréquentes, et ce fut, sans
aucun, doute à l'une d'elles que fut employé Maximien, à
qui ses talens avaient dû valoir, puisqu'il le dit lui-même,
et une grande réputation, et par conséquent, surtout dans un
siècle de décadence, les plus importantes dignités.

Un passage de la troisième élégie semble confirmer ces
premières réflexions. On y lit, en effet, dans tous les manuscrits avant Pomponius [3] :

Hic mihi magnarum scrutator maxime rerum
　　Solus, Boheti, fers miseratus opem.
Nam quum me curis intentum sæpe videres,
　　Nec posses causam noscere tristitiæ,
Tandem prospiciens tali me peste teneri
　　Mitibus alloquiis pandere clausa jubes.

Le premier distique, en effet, paraît se rapporter merveilleu-

1. Liv. i, lettre 21.
2. Liv. iv, lettre 22.
3. Pomponius donne *Boheti*. C'est, dit-on, pour appuyer davantage son
mensonge, en faisant disparaître un nom qui suffisait pour le prendre en quelque sorte en flagrant délit.

sement à Boëce, poète, écrivain et philosophe distingué, qui
fut long-temps le ministre et l'ami de Théodoric, mais qui
périt de mort violente, parce qu'il fut impliqué, quoique
innocent, dans une conspiration contre son prince. Telle est
l'opinion admise généralement par les commentateurs, et l'on
en a admis plus d'une fois de beaucoup moins probables.
Rien de plus naturel, que l'union entre deux hommes que
leurs talens et leurs fonctions rassemblent. Le caractère de
Boëce répugne, il est vrai, aux poésies licencieuses de Maximien, comme l'a observé judicieusement un critique : mais
Boëce pouvait conserver avec lui des relations intimes sans
approuver cependant sa conduite. Puis, si Maximien a eu dans
sa vieillesse quelques écarts, ne peut-il pas avoir mené dans
sa jeunesse une vie plus pure? C'est ce que ne démentirait pas
la troisième élegie, ni la quatrième, et lui-même a dit dans la
première :

> . . . . .Nam me natura pudicum
> Fecerat et casto pectore durus eram.

Il est une autre considération qui me ferait douter que
Maximien veuille en effet parler de Boëce. En relisant l'élégie
entière, il me semble qu'il emploie toujours, à l'égard de
Boëce, des expressions qui indiquent le respect, du moins
une grande déférence, comme si ce dernier n'eût pas été seulement un ami, mais un mentor et un second père. Or, Boëce,
à comparer les dates, devait être au plus du même âge que
Maximien. Ce fut, en effet, dans l'année 525 que Théodoric,
oubliant ses services, le fit mettre à mort avec le patrice Sym-
maque. Ce fut au contraire dans les premières années du règne
d'Anastase, c'est-à-dire vers 495, s'il en faut croire les recherches des érudits, que Maximien fut envoyé en ambassade
à Constantinople, et, d'après son propre témoignage, il devait
être déjà d'un âge assez avancé; car on ne peut supposer en
lisant ses écrits, qui nous donnent seuls des détails précieux
sur sa personne, qu'il ait eu à gémir, comme tant d'autres,

sur une vieillesse prématurée. On pourrait répondre, d'un
côté, que les termes dont se sert Maximien conviennent à
l'époque où il écrivait plutôt qu'au temps de l'anecdote, ou, de
l'autre, que les critiques après tout auraient pu avancer faute
de documens la date de l'ambassade : mais en admettant
même comme vraies l'une et l'autre objection, je n'en persiste
pas moins à douter que le Boëce, ministre de Théodoric,
aussi âgé et probablement moins âgé que Maximien, soit le
Boëce dont il est parlé au quarante-huitième vers de la troisième élégie, quoiqu'il ait pu et dû exister entre eux une
liaison d'amitié et de convenance.

En cherchant à quelle époque parut Maximien, nous avons
dit ce que l'on connaît sur sa vie. Ses poésies, quelque nombreuses qu'elles aient été jadis, se réduisent aujourd'hui aux
six élégies *sur les Incommodités de la vieillesse.* Rien n'a plus
varié que l'opinion des critiques à son égard. Les uns l'ont
vanté outre mesure, et un éditeur allemand n'a pas craint de
faire imprimer en titre de ses œuvres : *Maximiani philosophi
atque oratoris clarissimi ethica suavis et perjocunda incipit feli-
citer.* D'autres l'ont traité au contraire avec beaucoup moins
d'indulgence ; témoin Broukhuse, qui l'appelle *pessimus ne-
bulo ac nugator, scriptor barbarus, lutulentus ac tantum non
stercoreus.* Il en est enfin qui, tout en remarquant un défaut
général d'élégance et de grâce, ont trouvé dans ses écrits un
certain nombre d'idées bien rendues, et quelquefois même un
si grand air de ressemblance avec les écrivains du bon siècle,
que Barth se croit fondé à émettre une opinion assez vraisemblable : c'est que Maximien aurait fait aux anciens, et notamment peut-être à Cornelius Gallus, des emprunts plus ou
moins nombreux. Le dernier éditeur des *Poetæ minores,*
Wernsdorf, dont la critique et le goût font aujourd'hui autorité, lui reconnaît, indépendamment de tout emprunt, un
mérite personnel, qui, pour n'avoir pas triomphé de tous
les défauts de son siècle, n'en a pas moins droit à quelques
éloges de la postérité. Ajoutons que ces éloges seraient mieux

fondés et plus unanimes., s'il avait condamné.quelquefois sa plume à plus de correction dans le style, et de chasteté dans la pensée.

Les six élégies de Maximien furent éditées séparément dans l'origine et portaient le nom de leur auteur. L'édition *Princeps* est celle de Pomponius Gauricus, Venise, 1501, bien qu'il existe une édition antérieure, qui a dû être imprimée de 1470 à 1480, mais qui est réduite aujourd'hui à un ou deux exemplaires. Maximien parut souvent après Catulle, Tibulle et Properce, sous le faux nom de Cornelius Gallus, et avec toutes les fautes de l'édition *Princeps*, malgré les avertissemens des critiques. Pulmann, Van Ommeren, Wernsdorf et plusieurs autres ont essayé de rétablir le texte dans sa pureté. Le succès a couronné heureusement des efforts soutenus et opiniâtres.

A la suite des six élégies, Pomponius fit paraître le premier une septième pièce d'une délicatesse charmante, qui commence par ces mots : *Lydia, bella puella, candida.* C'était attribuer à Maximien un morceau qui fait avec le reste disparate complet. De là vient peut-être que Gyraldus, tout en s'élevant contre la fraude qui chargeait Gallus de poésies indignes de lui, reconnaissait cependant qu'il y en avait une ou deux que Gallus aurait pu avouer; ce que l'on a entendu quelquefois des élégies dont nous aurons bientôt à faire la critique.

Quant à celle dont nous nous occupons, elle a partagé deux hommes du plus grand mérite, Burmann et Wernsdorf. Le premier a prétendu que le latin n'en était pas pur et trahissait un âge postérieur; il a cité, entre autres mots, *columbatim, rubidas, gemipomas* [1]. Le second a lutté au contraire pour lui donner rang parmi les productions du bon siècle. Il a répondu, en premier lieu, que les termes attaqués ou étaient plus anciens que ne le supposait Burmann, ou qu'après tout, comme Burmann semblait l'avouer pour *gemipomas*, ils avaient pu être introduits dans le texte par l'ignorance de quelque copiste. Mais il a fait plus encore. Parmi les poètes dont nous

1. *Voyez* les notes.

regrettons la perte, il en est un à qui Suétone a consacré un article dans ses *Grammairiens illustres* : c'est Valerius Caton. Dépouillé de son patrimoine au milieu des guerres de Sylla, il vint à Rome, enseigna la grammaire et la poésie avec une grande distinction, et mérita cet éloge que rapporte Suétone :

Cato grammaticus, Latina siren,
Qui solus legit ac facit poetas.

Outre plusieurs traités de grammaire, il avait composé plusieurs poëmes, dont il ne nous est parvenu que des fragmens, réunis ensemble par Putsch, avec des notes savantes et le titre de *Diræ*, fragmens qu'à une certaine époque on a attribué à Virgile même. On y reconnaît facilement deux parties bien distinctes. La première n'est qu'une imprécation continuelle, ce qui les a fait appeler *Diræ* : mais dans la seconde, le poète déplore avec amertume, et quelquefois avec la vraie éloquence du cœur, l'éloignement de Lydie qu'il aimait. La similitude des noms a fait penser à Wernsdorf que notre élégie devait appartenir au même poète ; et il est en effet difficile, quand on compare les deux morceaux, de ne pas saisir, entre les idées et pour le style, une foule de rapprochemens qui ne laissent plus à la critique aucun doute.

A côté des différentes pièces que nous venons de parcourir, on trouve encore sous le nom de Cornelius Gallus une élégie, trois fragmens, et quelquefois cinq distiques sur la mort de Virgile. Le dernier morceau est évidemment supposé, puisque, au jugement unanime des biographes de Gallus, il a dû mourir quelques années avant son ami. Cette observation de Scaliger a suffi pour démontrer la fraude, et aujourd'hui on le regarde généralement comme l'ouvrage de quelque poète ou rhéteur du moyen âge. Nous reviendrons plus tard sur ce sujet ; maintenant, exposons les opinions des critiques sur l'élégie et les fragmens, afin d'en constater, s'il y a lieu, l'authenticité.

Alde Manuce est le premier qui les ait publiés à Florence,

2

en 1590, sous le nom d'Asinius Cornelius Gallus. Le jugement
de Giraldus, qui vivait quarante ans auparavant, jugement
qui a été précédemment rapporté, a fait penser aux savans
qu'il avait eu connaissance du manuscrit d'Alde Manuce : mais
rien n'appuie cette conjecture, et Giraldus, comme nous l'avons
vu, a pu vouloir parler d'une autre pièce. Quoi qu'il en soit,
cette élégie et les fragmens qui l'accompagnent, sont de beaucoup supérieurs aux élégies de Maximien ; en sorte que Manuce
les a attribués avec plus d'apparence à Cornelius Gallus. Cependant rien n'est moins prouvé que l'assertion qu'il a émise.

Manuce lui-même a fourni des armes contre elle, en donnant à Gallus les prénoms d'Asinius Cornelius ; car il est
certain, par tous les monumens historiques, que le premier
n'a jamais appartenu à notre poète. De plus, Manuce le dit
fils d'Asinius Pollion [1], homme consulaire et l'un des favoris
d'Auguste ; ce qui est une seconde erreur. Il est bien vrai que
Pollion eut un fils, qui joignit au nom de sa famille le surnom de Gallus, et dont parlent plusieurs auteurs, notamment
Tacite en plusieurs endroits de ses *Annales* [2]. Nous admettrons
encore, si l'on veut, malgré un défaut de preuves trop complet, que cet Asinius Gallus fut poète ; et peut-être, en effet,
serait-ce à lui qu'il faudrait attribuer le distique rapporté par
Suétone dans sa notice sur les *Grammairiens les plus célèbres :*

> Qui caput ad lævam rejicit, glossemata nobis
> Præcipit : os nullum, vel potius pugilis.

> (Cap. xxii.)

« Celui qui penche sa tête à gauche nous enseigne des expressions re-
cherchées ; il n'a point de faconde, ou plutôt il a celle d'un athlète. »

(*Trad. de* M. de Golbery, éd. Panckoucke.)

Malgré ces rapprochemens, la moindre attention eût empêché
Manuce de confondre Asinius avec Cornelius Gallus. Le pre-

---

1. Servius, dans son *Commentaire sur la dixième églogue de Virgile*,
avait fait depuis long-temps la même méprise.

2. *Voyez* liv. i, ch. 12 ; liv. vi, ch. 22, etc.

mier, en effet, était Romain, et le second, du Frioul. L'un fut
consul avec Censorinus, l'an de Rome 746 ; l'autre se donna
lui-même la mort, vers l'an 727, à cause des poursuites in-
tentées contre lui. Enfin, Cornelius Gallus fut intimement lié
avec Pollion, son collègue dans le triumvirat de la Gaule
Transpadane, et il n'a pu exister, au contraire, aucune amitié
entre lui et le fils de Pollion, vu la grande différence d'âge.
Nous n'entrerons pas, après tant d'autres, dans la discussion
qui partage les savans, si Virgile, dans sa quatrième églogue,
a obéi à des idées religieuses qui avaient cours de son temps
parmi tous les peuples, et qui annonçaient un changement
dans la face du monde [1], ou si, prenant pour point de dé-
part la naissance du fils de Pollion, il a seulement tracé *le
thème facile, l'idéal convenu d'un âge d'or imaginaire* [2]. Quelque
opinion que l'on adopte, la dernière, défendue par Heyne
et beaucoup d'autres, nous prouve au moins que la naissance
d'Asinius Gallus doit être rejetée vers l'an de Rome 715,
puisque Virgile ne connut son père qu'en 712, et que par
conséquent le fils de Pollion n'avait guère que douze ou treize
ans lorsque Cornelius Gallus renonça à la vie.

Ce qui a pu tromper Manuce, c'est que pendant long-temps
on a lu dans la Vie de Virgile : *Caium Asinium Cornelium
Gallum, oratorem clarum et poetam non mediocrem miro amore
dilexit.* Aujourd'hui, la collation des manuscrits et les recherches philologiques ont rétabli ainsi les mots et la ponctuation : *C. Asinium, oratorem clarum* et *C. Gallum, p. n.
mediocrem*; leçon qui ne laisse aucun prétexte à l'erreur.

Entrons maintenant dans la discussion de l'élégie elle-
même.

Ce fut l'an de Rome 714 que Ventidius fit la guerre aux
Parthes. Tandis qu'Antoine s'endormait avec Cléopâtre au
sein des plaisirs, son lieutenant remportait sur les vainqueurs

1. *Voyez* M. Charpentier de Saint-Prest, dans l'*Étude sur Virgile*, qui
précède sa traduction des *Bucoliques* et des *Géorgiques*.

2. *Voyez* le même, notes sur la quatrième églogue.

de Crassus trois victoires consécutives, et la dernière coûtait
la vie à Pacorus, fils du roi. Le pays était ouvert aux Romains;
la consternation était si grande, que si Ventidius fût entré en
Mésopotamie, les historiens conviennent unanimement que
rien ne lui aurait résisté. Il craignit la jalousie d'Antoine, et
préféra réduire la Syrie.

Telle est, en peu de mots, d'après l'histoire, l'expédition
qui aurait entraîné Gallus en Orient, loin de sa Lycoris. Ses
regrets et ses craintes font le sujet de notre élégie.

A ne considérer que la date, on ne saurait l'attribuer à
Asinius Gallus, puisqu'il était à peine né : mais rien n'empêcherait de l'attribuer, en effet, à Cornelius, puisqu'il était
alors âgé de vingt-six ans, et l'histoire ne nous apprend rien
de lui vers cette époque. Deux passages pourraient cependant jeter quelques doutes. Le poète dit, au vers 17 :

Me quoque jam canis narrat splendere capillis;

ce qui ne convient guère à l'âge qu'avait alors Gallus ; et au
vers 57 :

............Roseæ nec flore juventæ
Nec capitur missis lux mea muneribus;

ce qui paraîtrait indiquer que l'amant de Lycoris ne possédait
plus, en effet, toute la fraîcheur de la jeunesse. Cependant, le
raisonnement n'est pas très-rigoureux. Dans le second passage,
le poète a pu s'exprimer d'une manière générale, sans aucun
retour sur lui-même ; dans le premier, on veut détacher
Lycoris de son amant, et chacun sait qu'en tel cas on
n'épargne guère les mensonges, que la chose soit ou non
vraisemblable.

Mais le nom même de Lycoris, l'un des motifs qui ont pu
déterminer Manuce à reconnaître Cornelius Gallus comme
l'auteur de l'élégie, est précisément l'argument le plus fort
qu'on ait fait valoir contre l'opinion qu'il a émise : c'est que
l'on regardait comme certain, d'après le témoignage de Donat

et de Servius, dans leurs commentaires sur Virgile, que l'a-
mante de Gallus était la comédienne Cythéris, affranchie de
Volumnius, et plus tard la maîtresse d'Antoine. Nous avons
précédemment exposé les raisons qui permettent au moins
d'en douter, et pour moi, plus j'y songe, et plus le doute se
change en certitude. Quant aux deux commentateurs de Virgile, l'un s'est trompé si souvent sur le compte de Gallus, qu'il
ne mérite aucune créance, et Donat ne jouit aujourd'hui,
dans le monde savant, d'aucune autorité[1]. Il est vrai que nous
n'avons plus aucune lumière sur le personnage de Lycoris ;
mais vaut-il mieux en avoir de fausses? Si nous connaissons la
Cynthie de Properce, la Délie de Tibulle, la Lesbie de Catulle, c'est que les ouvrages de ces poètes nous sont parvenus
avec les commentaires des anciens : Gallus n'a pas joui du
même bonheur.

Telles sont cependant les raisons les plus fortes sur les-
quelles Scaliger a fondé son jugement, quand il a prononcé,
comme un arrêt irrévocable, que l'élégie était supposée. Il
avait aussi relevé dans son commentaire une foule de passages qui ne s'accordaient, suivant lui, ni avec l'histoire
romaine, ni avec le temps où vécut Gallus, ni avec les mœurs
de l'époque, et dans lesquels la langue même n'était pas toujours respectée. Passerat et Barth se sont montrés aussi sé-
vères, mais sans entrer dans les mêmes détails. On a été
jusqu'à prétendre qu'Alde Manuce, plus coupable encore que
Pomponius, avait voulu abuser les littérateurs de son temps
et des temps futurs, en imprimant, sous le nom de Gallus,
une pièce qu'il aurait composée lui-même. Tel n'a pas été le

---

1. On sait, en effet, que Donat, le biographe de Virgile, n'est pas le
grammairien du troisième siècle dont la renommée était si grande, et dont
Barth a si vivement regretté les écrits. Ceux que l'on a publiés pendant long-
temps sous son nom, appartiennent à un grammairien d'un siècle plus rappro-
ché de nous, Claude Tibère Donat, et sa Vie de Virgile est regardée par
les critiques comme un tissu d'absurdités. Les remarques du savant Vossius
ont fait enfin reconnaître et rectifier à ce sujet toute erreur.

sentiment de tous les érudits qui se sont occupés de Gallus. Wernsdorff surtout, dans son excellente édition des *Poetæ latini minores*, est revenu sur toutes les observations historiques ou grammaticales de Scaliger, et en a généralement montré la fausseté; en sorte que, si une ou deux difficultés au plus nous arrêtent encore, on peut en accuser le mauvais état du manuscrit dont s'est servi Alde Manuce. Cependant les remarques de Scaliger sur Lycoris ont embarrassé le savant éditeur, parce qu'il regardait comme un fait constant son identité avec la comédienne Cythéris. En conséquence, sans nier positivement que l'élégie appartienne à Gallus, et, au contraire, tout en l'éditant sous son nom, il a pensé qu'après tout elle pouvait être l'ouvrage d'un de ces poètes scolastiques du moyen âge qui traitaient, par forme d'exercice, la vie, les passions, les amours, ou même certains passages des poètes antiques. Nous avons, en effet, un assez grand nombre de semblables morceaux, centons trop souvent informes, où la langue, l'histoire et la vérité ne sont pas plus respectées l'une que l'autre. Il y a au contraire beaucoup de suite dans notre élégie. En outre, l'opinion de Wernsdorff n'est qu'une pure hypothèse, et une hypothèse n'est pas preuve.

Que conclurons-nous de ce qui précède? rien de positif, car les élémens de conviction nous manquent; mais nous admettrons comme très-probable l'authenticité de l'élégie, puisque tout ce qu'on a allégué jusqu'à présent contre elle, ou a été réfuté, ou ne repose que sur des suppositions. Les trois fragmens suivront naturellement sa destinée. Quant aux distiques sur la mort de Virgile, nous dirons, avec les éditions les plus anciennes, que l'auteur en est incertain. On pourrait l'attribuer, peut-être avec justice, surtout à cause de la confusion des noms dans Alde Manuce, à Asinius Gallus, fils de Pollion. Ce serait un bien faible tribut qu'il aurait payé au protégé et à l'ami de son père.

Indépendamment de ces différentes pièces, authentiques ou supposées, et des ouvrages perdus que l'on attribue à Gallus,

Fontanini, dans son Histoire littéraire d'Aquilée, affirme qu'il avait composé : 1° la fable de Térée et de Philomèle ; 2° la métamorphose de Scylla, fille de Phorcus ; 3° celle d'une autre Scylla, fille de Nisus, changée en alouette (*Ciris*), et, de plus, il donne comme étant de lui ces neuf vers de Virgile :

Tu procul a patria, nec sit mihi credere tantum !
Alpinas, ah dura, nives et frigora Rheni
Me sine sola vides. Ah ! te ne frigora lædant !
Ah ! tibi ne teneras glacies secet aspera plantas !
Ibo, et Chalcidico quæ sunt mihi condita versu
Carmina, pastoris Siculi modulabor avena.
Certum est in silvis, inter spelæa ferarum,
Malle pati, tenerisque meos incidere amores
Arboribus : crescent illæ : crescetis amores.

(*Bucol.*, ecl. x, v. 46.)

Voyons sur quels fondemens repose l'opinion du biographe de Gallus.

Les neuf vers de la dixième églogue ont été attribués à Gallus par le commentateur Servius, qui s'exprime en ces termes : *Hi autem omnes versus Galli sunt de ipsius translati carminibus.* Des manuscrits postérieurs donnent la même scolie, quelquefois en termes différens ; ce qui ne prouve aucunement qu'elle ne dérive pas de la même source. Or, nous avons déjà eu occasion d'observer plus d'une fois combien l'autorité de Servius devait paraître suspecte, du moins en ce qui concerne notre poète.

C'est à Virgile que Fontanini demande une preuve de l'authenticité des trois autres pièces, et même cette preuve est l'unique qu'il produise pour la métamorphose de Scylla, fille de Phorcus, et pour la fable de Térée et de Philomèle. En effet, dans la sixième églogue (v. 74), le vieux Silène, après avoir chanté Gallus et le concert avec lequel les Muses l'ont accueilli, se demande ensuite :

Quid loquar ? Aut Scyllam Nisi, quam fama locuta est,
Candida succinctam latrantibus inguina monstris,

Dulichias vexasse rates , et gurgite in alto
Ah ! timidos nautas canibus lacerasse marinis :
Aut ut mutatos Terei narraverit artus ?
Quas illi Philomela dapes , quæ dona pararit ?

Silène venait de parler de Gallus : immédiatement après, il
rappelle quelques pièces du temps, sans doute ; car de semblables sujets ont dû féconder souvent la verve de bien des
poëtes : donc Gallus en est incontestablement l'auteur ; raisonnement d'une force admirable et parfaitement concluante.

Nous avons toutefois excepté la métamorphose de Scylla,
fille de Nisus, autrement dit, l'opuscule intitulé *Ciris,* que
l'on trouve communément imprimé à la suite des poésies de
Virgile. Bien des commentateurs, et notamment Scaliger, ont
cru voir dans ce petit poëme un essai ou un délassement du
chantre d'Énée. Mais Vossius et Scriverius ont douté que nous
le devions à sa plume : Broukhuse l'a formellement nié; un
autre l'a mis sur le compte de Catulle ; Barth, enfin, a employé
toute son érudition à prouver qu'il était de Gallus. C'est la
dernière opinion que Fontanini embrasse. Quelles sont cependant les preuves ? une ressemblance plus ou moins grande
entre les vers du *Ciris* et plusieurs passages des *Bucoliques* ou
des *Géorgiques;* comme si Virgile n'avait pu faire à ses premiers chants quelques emprunts dans l'intérêt des poésies
suivantes ; comme si de pareils emprunts, s'ils eussent été
faits à Gallus, pouvaient avoir échappé à l'investigation érudite
des nombreux commentateurs de Virgile.

Ce qui montre d'ailleurs dans Fontanini peu de critique,
c'est qu'il fait à Gallus une haute réputation d'éloquence, parce
que Quintilien cite, dit-il, un discours de Gallus contre Asinius Gallus, fils de Pollion. Cependant il ajoute lui-même
que des critiques ont voulu lire *Labienus* au lieu de Gallus :
comment peut-il donc compter cet ouvrage parmi ceux dont
Gallus est reconnu comme l'auteur ?

Résumons.

1°. Nous avons dit, en traitant la vie de Gallus, les poésies dont il est l'auteur authentique. Il ne nous en reste qu'un vers que Vibius Sequester nous a conservé dans un traité sur les fleuves.

2°. Rien ne prouve que le *Ciris* soit de lui, que la métamorphose de Scylla, fille de Phorcus, que la fable de Térée et de Philomèle, aient été célébrées par un autre poète que par Ovide.

3°. Les six élégies de Pomponius Gauricus doivent être à jamais restituées à Maximien, leur véritable auteur.

4°. L'élégie et les trois fragmens d'Alde Manuce peuvent appartenir, en effet, à Cornelius Gallus, assertion probable, mais qui aurait besoin de preuves.

5°. La pièce à Lydie paraît devoir être attribuée à Valerius Caton le grammairien.

6°. Les distiques sur la mort de Virgile sont d'un auteur ancien. Peut-être faudrait-il en reconnaître auteur le poète Asinius Gallus, dont Suétone nous a conservé un distique.

Telles sont les faibles lumières qu'un travail consciencieux nous a données sur la vie et les ouvrages de Cornelius Gallus.

Si l'on demande maintenant pourquoi M. Panckoucke a fait figurer dans sa Bibliothèque quelques élégies apocryphes, nous répondrons que ça été pour mettre en repos sa conscience d'éditeur. Comme ces différentes pièces ont été généralement admises à la suite de Catulle, de Tibulle et de Properce, il a voulu qu'on ne pût rien reprocher, même à tort, au monument élevé par ses soins à la littérature latine du grand siècle. C'est ainsi que Pezai avait fait entrer la plus grande partie de ces pièces dans sa traduction des Élégiaques : mais il en avait exclu les œuvres de Maximien, qui, je le crois du moins, n'ont point encore été traduites.

ÉDITIONS ET TRADUCTIONS

LES PLUS RARES ET LES PLUS ESTIMÉES

DE MAXIMIEN ET DE GALLUS.

———

UTRECHT ... 1473. Édition précédée de l'*Enlèvement de Proserpine*, par Claudien.

PARIS...... 1496.

VENISE..... 1501. Édition Princeps de Pomponius Gauricus.

PARIS...... 1503. Édition d'Ascensius, calquée sur la précédente.

BALE...... 1530.

PARIS...... Recueil des Épigrammes et Poëmes anciens, par Pithou.

FRANCFORT.. 1610. Recueil des Poésies érotiques d'Ovide, par Goldast.

HANOVRE... 1618. Catulle, Tibulle, Properce et Gallus, par Janus Gebhard.

PARIS...... 1743. *Idem*, chez Coustellier.

PARIS...... 1754. *Idem*, chez Barbou.

PARIS...... 1771. Édition de Maximien et Traduction de Gallus, par Pezai.

ALTEMBOURG. 1780-1798. Recueil des Poètes latins du second ordre, par Wernsdorff, tomes III et VI.

DEUX-PONTS. 1783.

PARIS...... 1806. Traduction de Gallus et de Catulle, par Fr. Noël.

GALLUS.

GALLI

CARMINA DIVERSA.

ELEGIA.

Non fuit Arsacidum tanti expugnare Seleucen,
 Italaque Ultori signa referre Jovi;
Ut desiderio nostri curaque Lycoris
 Heu! jaceat menses pæne sepulta novem.
Nec tantum morbus, quantum gravat ira parentis:
 Sic premitur geminis una puella malis.
Æqua tamen matris causa est : cupit illa paternam
 Impleat ut pulchra filia prole domum.

Quid, quod lena meos avertere tentat amores,
 Portat et occulto grandia dona sinu?
Et juvenem laudat, qui munera misit, ab alta
 Indole. . . . .
Candida quod nulla lanugine vestiat ora,
 Quod fluat ex toto vertice flava coma,
Quod citharæ cantusque sciens; deinde horrida bella
 Atque ingrata notat tempora militiæ.

POÉSIES DIVERSES

DE GALLUS.

——

ÉLÉGIE.

Que m'importait la défaite du Parthe, la prise de
ses villes, et de rapporter à Jupiter Vengeur les dra-
peaux de Crassus, si ma Lycoris, en proie aux regrets
de l'absence et à des soucis rongeurs, doit rester, hélas!
neuf mois entiers ensevelie dans sa tristesse! Mais elle
redoute moins ses chagrins que le courroux d'une mère;
car une mère se joint à l'absence pour la tourmenter
tour-à-tour. Et cependant j'excuse sa tendresse : elle
voudrait qu'une fille chérie enrichît la maison pater-
nelle de rejetons nombreux.

Mais que dire de cette courtisane infâme qui veut
séduire celle que j'aime? voyez-la colporter en se-
cret de brillantes parures ; écoutez-la prodiguer des
louanges à l'amant généreux qui envoie des présens si
riches. Un léger duvet couvre à peine son frais visage;
une blonde chevelure tombe de son front en boucles
épaisses; il chante et touche de la lyre avec grâce, tandis
que, pour me nuire, on rappelle la guerre et ses hor-
reurs, on compte tous les momens d'un éloignement
odieux, on me représente même la tête déjà couverte

Me quoque jam canis narrat splendere capillis,

    Et quod........ vulnere tardus eam.

MULTA quoque adfingit, mentitur et omnia : fluxa

    Quam vereor ne sit nostra puella fide.

Fœmina natura varium et mutabile semper;

    Diligat ambiguum est, oderit anne magis.

Nil adeo medium. . . . .

    Et tantum constans in levitate sua est.

FILIUS Europæ Minos, seu poneret arcum,

    Sive comam premeret casside, pulcher erat.

Non prius e muris pugnantem regia virgo

    Viderat, ac dirus crimina suasit Amor.

Acer Amor Deus est : fetas domat ille leænas.

    Excuset facinus vindice Scylla Deo.

At pius æternam servet ni Juppiter urbem,

    Scilicet occiderat Virginis illa dolo.

Sic pereat, patrias quicumque insanus in arces

    Mente ruit, pœnas ut scelerata dedit.

Obruta virgo jacet; servat quoque nomina turris

    Illa, triumphator Juppiter unde tonat.

QUID loquor, ah! demens? roseæ nec flore juventæ,

    Nec capitur missis lux mea muneribus.

Non patris imperium, matris non aspera jussa

    Sollicitant; firmo pectore durat amor.

Non secus Ægæo moles objecta fragori,

    Illa manet; frustra ventus et aura furit.

Nec minus, ut vires paulatim colligit ignis,

de cheveux blancs, et affaibli par une affreuse blessure.

Au milieu de tant d'intrigues et de mensonges, qu'il est à craindre que Lycoris ne vienne à m'oublier un jour ! Une femme est naturellement inconstante et volage ; on ignore si elle sait mieux haïr ou aimer : mais son cœur porte tout à l'excès, et elle n'est jamais fidèle qu'à sa légèreté.

Heureux Minos ! qu'il dépose son glaive, ou qu'il emprisonne sa chevelure sous un casque d'airain, il est toujours beau, toujours le même. A peine la vierge royale l'a vu, du haut des murs, s'élancer au combat, et le cruel Amour lui a conseillé le crime. Amour, irrésistible puissance, c'est toi qui domptes la lionne farouche ; c'est par ton nom divin que Scylla excuse son forfait. Si Jupiter n'avait pas veillé sur la ville éternelle, Rome tombait aussi par la trahison d'une jeune fille. Périsse à jamais, comme elle, l'insensé qui conspire contre le sol sacré de la patrie ! Le châtiment suivit son sacrilège, car elle fut ensevelie sous les boucliers sabins, et son nom reste encore à la citadelle auguste, où réside Jupiter dans toute sa gloire.

Mais quel langage ! insensé que je suis ! Ni la fleur du jeune âge, ni les riches présens ne séduiront jamais ma Lycoris. Ni l'autorité d'un père, ni l'ordre et les poursuites d'une mère ne sauraient l'émouvoir ; son cœur persiste inébranlable dans son premier amour. Comme le rocher au milieu des vagues en courroux de la mer Égée, elle résiste, elle défie tous les efforts du vent et de la tempête. C'est un feu qui grandit peu à

Purior accenso fomite flamma micat.

Illa meos reditus spe non præsumit inani,
　　Et fovet in tacito gaudia certa sinu.

Me vocat absentem, me me suspirat in unum,
　　Et de me noctes cogitat atque dies.

Quin etiam argento, puroque intexitur auro
　　Altera jam castris parta lacerna meis.

Illic bellantum juvenum studiosa figuras,
　　Atque audita levi prœlia pingit acu.

Pingit et Euphratis currentes mollius undas,
　　Victricesque Aquilas sub duce Ventidio;

Qui nunc Crassorum manes, direptaque signa
　　Vindicat, Augusti Cæsaris auspiciis.

Parthe tumens animis, et nostra clade superbe,
　　Hic quoque Romano stratus ab hoste jaces.

At mea cum primis victrix apparet imago;
　　Exigit hoc pietas, et bene fidus amor.

Ipsa quoque exprimitur; dejecto pallida vultu
　　Stat lacrymans, et me pæne vocare putes.

Quam bene, quum ferrum nondum prodiret in auras,
　　Omnia pacis erant, et sua cuique satis.

Dives erat, si quis, parvi possessor agelli,
　　Severat ille prius, deinde coquebat olus.

Non locus invidiæ, quamvis vicinus abunde
　　Et pecus, et messes, mustaque haberet ager.

Liber amor, nulli mulier suspecta marito,

peu dans l'ombre, embrase l'aliment nourricier, et brille tout à coup d'une flamme plus pure. Un juste espoir assure Lycoris de mon retour ; elle en nourrit secrètement dans son cœur une douce allégresse ; absent, elle m'appelle, elle ne respire que pour moi ; c'est à moi qu'elle pense sans cesse et la nuit et le jour.

Déjà elle brode en argent et de l'or le plus pur, un autre manteau pour ma prochaine campagne. Là, son adroite aiguille dessine avec soin l'image des jeunes guerriers, et les combats qu'elle a appris de la renommée. Elle peint l'Euphrate qui roule plus mollement ses ondes, et nos aigles victorieuses que conduit Ventidius, vengeant enfin, sous les auspices d'Auguste, les mânes des Crassus et nos étendards ravis. Parthe farouche, qu'énorgueillissaient nos désastres, là encore tu es vaincu et renversé par le soldat romain. Au premier rang on me voit paraître vainqueur, juste tribut de tant d'amour, de fidélité et de constance. Elle aussi s'est représentée, mais pâle, défaite, le visage en pleurs ; on dirait que mon nom va s'échapper de ses lèvres.

O l'heureux temps, où le fer était encore caché sous la terre, où la paix régnait seule ici-bas, où chacun était content de sa fortune ! on était riche alors, quand on possédait un mince héritage ; on y semait quelques herbes, que l'on apprêtait ensuite pour ses repas. On ne connaissait point l'envie, quand le patrimoine voisin abondait en troupeaux, en moissons et en vignes. L'amour était libre ; un époux ne soupçonnait point son épouse ; une femme était chaste, quand elle n'avouait

3

Casta satis, norat si qua negare palam.

Tunc Venus......... spirabat dulciter ignes,
   Spiculaque in silvis tuta vibrabat Amor.

Cur mihi non illis nasci, mea vita, diebus
   Contigit? invidit quis bona tanta Deus?

O niveas luces! o tempora dulcia! vere
   Aurea Saturni sæcla fuere senis.

Nunc ferrum erupit, rabiesque asperrima ferri;
   Nunc furor et cædes. . . . .

Forsan et hic noster tinget cruor hospitis arma,
   Aut cadet unanimis frater ab ense meo.

Quid mihi cum bello? pugnent, quibus inclyta regna,
   Aut quibus......... Marte petuntur opes.

Nos alias pugnas aliis pugnemus in armis:
   Inflet Amor lituos et fera signa canat.

Fortis ad occasum ni pugnem Solis ab ortu,
   Detrahat ignavo protinus arma Venus.

Sin cadat ex votis et res bene gesta feratur,
   Cesserit emerito cara puella mihi;

Quam........... sinu, cui basia jungam,
   Dum lateri vires, nec sit amare pudor.

Tunc me vina juvent nardo confusa rosisque,
   Sertaque et unguentis sordida facta coma.

Nec dominæ pudeat gremio captare soporem,
   Surgere nec media jam veniente die.

Si quis amore vacans irriserit, imprecor illi

sa défaite qu'avec mystère. Vénus alors inspirait les
feux les plus doux, et l'Amour, au sein des forêts, ne
lançait que des traits assurés. Pourquoi, ma Lycoris,
pourquoi le destin ne me fit-il pas naître à cette époque?
quel dieu m'envia un tel avantage? Jours de calme!
époque de bonheur! c'était bien l'âge d'or sous le vieux
Saturne. Mais aujourd'hui le fer règne; il exerce les
plus terribles ravages; le carnage et la fureur sont dé-
chaînés. . . . .
Qui sait? mon sang peut-être rougira la main d'un hôte,
ou un frère chéri succombera sous mes coups.

Que m'importe la guerre? Combattez, vous qui am-
bitionnez les richesses ou les empires qu'elle dispense;
il me faut d'autres combats et d'autres armes. Que
l'Amour sonne le clairon, qu'il donne le signal de la
lutte; et si je ne combats avec courage depuis le lever
du soleil jusqu'à son coucher, que Vénus aussitôt pro-
clame ma lâcheté et m'enlève mes armes. Mais si tout
réussit selon mes vœux, si j'obtiens de justes éloges,
sois à moi pour toujours, femme adorée, que je pres-
serai contre mon sein, que je couvrirai de mes caresses,
tandis que j'ai encore ma vigueur, et que je puis aimer
sans rougir. Versez-moi alors un vin pur au milieu des
parfums et des roses; couronnez-moi de fleurs; répan-
dez des flots de nard sur ma chevelure. Pourquoi rougir
de reposer sur le sein de mon amie, et de quitter à
peine ses bras au milieu du jour? Si quelque indifférent
me blâme, parce qu'il n'aime pas, eh bien! qu'il brûle
dans sa vieillesse, qu'il apprenne alors le tourment d'ai-

3.

Ardeat, et quid sit, discat, amare senex;

Servus et ut nostros incassum laudet amores,

    Et sapit hic, dicat, saucius igne novo.

HEU male, crede mihi, si quis sua gaudia differt!

    Dum loquimur, nox est, mortis et umbra subit.

mer ; qu'esclave de l'amour, il loue, mais en vain, ma tendre flamme ; qu'il me trouve sage alors au milieu du feu nouveau qui le consume.

Crois-moi, Lycoris, l'homme a tort de différer ses plaisirs. Tandis que nous parlons, la nuit vient, et la mort s'avance.

DE VIRGILII MORTE.

Temporibus lætis tristamur, maxime Cæsar,
  Hoc uno amisso, quem gemo, Virgilium.
Sed vetuit relegi, si tu patiere, libellos,
  In quibus Æneam condidit ore sacro.
Roma rogat, precibus totus tibi supplicat orbis,
  Ne pereant flammis tot monumenta ducum.
Atque iterum Trojam, sed major flamma, cremabit!
  Fac laudes Italum, fac tua fata legi,
Æneamque suum fac major nuncius ornet:
  Plus fatis possunt Cæsaris ora Dei.

SUR LA MORT DE VIRGILE.

VIRGILE n'est plus, divin César, et sa perte, que je déplore, répand sur nos beaux jours la tristesse. Mais le souffrirez-vous, prince? Il ordonne d'anéantir ces vers harmonieux par lesquels sa voix puissante immortalise Énée. Rome et l'univers entier vous adressent leurs suppliantes prières. Faut-il que la flamme dévore les hauts faits de tant de héros; que Troie succombe encore sous un plus funeste incendie? Ordonnez, et nos neveux reliront la gloire de l'Italie et vos destinées, et l'antique Énée brillera d'une renommée plus belle : car un seul mot du divin César peut plus que le destin.

AD LYDIAM.

LYDIA, bella puella, candida,
　　Quæ bene superas lac et lilium,
　　Albamque simul rosam rubidam,
　　Aut expolitum ebur Indicum!
Pande, puella, pande capillulos,
　　Flavos, lucentes ut aurum nitidum.
　　Pande, puella, collum candidum,
　　Productum bene candidis humeris.
Pande, puella, stellatos oculos,
　　Flexaque super nigra cilia.
　　Pande, puella, genas roseas,
　　Perfusas rubro purpuræ Tyriæ.
Porrige labra, labra corallina ;
　　Da columbatim mitia basia.
　　Sugis amentis partem animi :
　　Cor mihi penetrant hæc tua basia.
Quid mihi sugis vivum sanguinem ?
　　Conde papillas, conde gemipomas,
　　Compresso lacte quæ modo pullulant.

A LYDIE.

LYDIE, fille charmante, qui l'emportes, par ta blancheur, et sur le lait, et sur le lis, et sur l'ivoire que
l'Indien polit et travaille, et sur la rose au blanc légèrement empourpré ; ô ma Lydie ! déploie, déploie
ces cheveux blonds qui brillent comme un or pur. Jeune
fille, dévoile ce cou d'albâtre qui tombe si bien sur de
blanches épaules. Ouvre tes yeux, brillantes étoiles,
sous l'arc de tes noirs sourcils. Montre, ma Lydie, les
roses et la pourpre de Tyr qui se fondent sur tes joues.
Tends-moi tes lèvres, ces lèvres de corail, et donne-
moi le doux baiser de la tourterelle. Baiser charmant !
comme il pénètre mon cœur ! comme il dévore mon
âme ! comme il attire à lui mon sang le plus pur ! Ah !
couvre ces pommes et leurs jolis boutons, d'où jaillit
sous la lèvre un lait délicieux.

Sinus expansa profert cinnama :

     Undique surgunt ex te deliciæ.

     Conde papillas, quæ me sauciant

     Candore et luxu nivei pectoris.

     Sæva, non cernis quantum ego langueo ?

     Sic me destituis jam semimortuum ?

Quel parfum ton sein exhale ! quelles délices s'échappent de tout ton être ! Cache-moi cette mamelle qui me blesse par sa blancheur et par sa neige épaisse.... Cruelle, ne vois-tu pas comme je languis ? Je me meurs, et tu m'abandonnes !

FRAGMENTA.

I.

Occurris quum mane mihi, ni purior ipsa
  Luce nova exoreris, lux mea, dispeream.
Quod si nocte venis, jam vero ignoscite, Divi,
  Talis ob occiduis Hesperus exit aquis.

II.

.....matris amor, deliciumque meum.
Ne vero inter vos odio certate, sorores,
  Utrius alba magis, vel minus atra cutis.
Hoc unum certate, suos magis urat amores,
  Altera nonne oculis, altera nonne comis?
Anne coma ex auro flava est tibi, Gentia? an auri
  Ex ipsa magis est bractea flava coma?
E Berenicæo detonsum vertice crinem
  Rettulit esuriens Græcus in astra Conon.
Gentia, rapta tibi fiat coma protinus astrum,
  Et regat Illyricas certior Ursa rates.
Quum quatit, et caudam Junonius explicat ales,

FRAGMENS.

I.

Quand tu m'apparaîs au matin, que je meure, astre charmant, si tu n'es plus brillant et plus pur que l'aurore nouvelle. Quand tu viens la nuit, grands dieux! pardonnez mon erreur; c'est l'astre du soir qui s'élance des flots de l'occident.

II.

O vous! délices d'une mère et mes amours, gardez-vous, sœurs charmantes, de rechercher avec envie qui des deux a la peau la plus blanche ou la moins brune. Rivalisez plutôt qui charmera le mieux celui qu'elle aime, l'une par son regard peut-être, et l'autre par sa chevelure. Est-ce l'or, Gentia, qui a donné à tes cheveux un blond si riche, ou, plutôt, ne leur a-t-il pas emprunté leur couleur? Conon, ce Grec affamé, a mis jadis au rang des astres les boucles qui tombèrent de la tête de Bérénice : que ta chevelure, Gentia, devienne un astre à son tour, et qu'elle dirige, plus sûrement que l'Ourse, les vaisseaux d'Illyrie. Quand l'oiseau de Junon déploie sa riche queue et l'étale, on ne voit de toutes parts que des yeux et des pierreries. Lorsque

Mille oculos, gemmas mille decenter habet.

. . . . .huc illuc flectat ocellos :

Hinc illinc videas currere mille faces.

III.

Subrides si virgo, faces jacularis ocellis,

    Et tua nescio quo murmure labra sonant :

Cur non ora mihi jamdudum in verba resolvis?

IV.

Uno tellures dividit amne duas.

Chloé promène de tous côtés son regard, on croit voir s'échapper mille étincelles.

III.

Quand tu souris, ton œil pétille de mille feux, et tes lèvres paraissent s'ouvrir à je ne sais quel murmure : ne laisseras-tu donc échapper jamais un seul mot d'amour ?

IV.

Ses flots séparent deux contrées.

NOTES

SUR LES POÉSIES DE GALLUS.

ÉLÉGIE.

Arsacidum (v. 1). Arsace fonda le royaume des Parthes, 255 ans avant J.-C., de plusieurs provinces de la Haute-Asie, qui se révoltèrent contre Antiochus Théos. Ses descendans sont appelés, dans l'histoire, les Arsacides.

Seleucen (v. 1). Il y avait en Asie plusieurs villes du nom de Séleucie, parce qu'elles avaient été bâties par les rois de Syrie descendans de Séleucus. Les plus célèbres étaient Séleucie sur l'Oronte, dans la Syrie proprement dite, et Séleucie sur le Tigre, dans la Babylonie. Cette dernière tomba au pouvoir des Parthes, et devint même leur capitale, ce qui a fait appeler la province entière, par Pline l'Ancien, *Seleucia Parthorum* (liv. x, ch. 67).

On dit ordinairement *Seleucia*, et non pas *Seleuce*. Le poète a donc pris ici une licence que Scaliger trouve un barbarisme insupportable. Observons, contre lui, que plusieurs noms de villes et de pays ont les deux terminaisons. Ainsi on dit également *Sebaste* et *Sebastia*, *Thrace* et *Thracia*; *Messene* et *Messenia*, comme on trouve, pour les noms propres, *Calliope* et *Calliopia*, *Cassiope* et *Cassiopia*, etc. En admettant donc, ce qui est vrai, que l'expression du poète soit insolite, il faut reconnaître au moins qu'elle est fondée sur l'analogie.

Signa (v. 2). Il s'agit des étendards qui furent enlevés aux Romains après la défaite et la mort de Crassus. Tous les généraux qui commandèrent en Orient voulurent forcer les Parthes à restituer ces trophées de leur sanglante victoire; mais on ne les rendit que sous l'empire d'Auguste, pour détourner la guerre que ce prince méditait contre l'Asie.

Lycoris (v. 3). *Voyez* la Vie de Gallus, pages v et xx.

Lena (v. 9). M. de Pezai, dans sa traduction, attribue à la mère de Lycoris cette épithète et les vers qui suivent. C'est une erreur. Remarquons encore la forme dubitative employée par le poète. C'est une crainte qu'il paraît exprimer, et non un fait certain dont il se plaigne.

Indole (v. 12). Aucun manuscrit n'a pu donner la fin de ce vers, qui reste ainsi lacéré. Il en sera de même dans quelques autres passages.

Citharæ (v. 15). Scaliger prétend que la jeunesse romaine, au siècle d'Auguste, dédaignait encore la lyre, et il veut en conclure que cette élégie est d'une époque plus reculée. On peut lui répondre, 1° que rien n'empêche de prendre les mots *citharæ cantusque sciens* dans le sens de poésie, aussi bien que dans celui de musique, comme on l'a fait souvent en expliquant les poètes, et notamment Horace (*Od.*, liv. I, ode 31, v. 20); 2° que le même Horace (*Sat.*, liv. II, sat. 3, v. 104) tourne en ridicule ceux qui achètent des lyres (*citharas*) pour ne pas s'en servir : d'où il est évident que les Romains de son temps ne dédaignaient pas la musique, et en particulier la lyre, autant que Scaliger l'a prétendu.

Splendere capillis (v. 17). Expression forcée, dirons-nous avec Scaliger, et que ne légitiment nullement les exemples rapportés dans l'édition Lemaire.

Fœmina (v. 21). On retrouve en partie ce vers dans Virgile (*Én.*, liv. IV, v. 569), et la pensée dans Properce (liv. II, élég. 9, v. 31).

Et tantum (v. 24). Ovide applique le même vers à la Fortune (*Tristes*, liv. V, élég. 8, v. 18).

Minos (v. 25). Minos, roi de Crète, assiégeait Mégare. Scylla, fille de Nisus, s'éprit d'amour pour l'ennemi de sa patrie, et lui livra la ville. On dit qu'elle fut changée en alouette, et Nisus en épervier. *Voyez* OVIDE, *Métam.*, liv. VIII, v. 6.

Fetas (v. 29). *Pœnas* ou *sævas* conviendrait mieux, si l'autorité des manuscrits permettait l'une ou l'autre de ces deux leçons.

Virginis (v. 32). Il s'agit de Tarpéia, livrant aux Sabins le Ca-

4

pitole. C'est ce que M. de Pezai n'a pas compris , parce que la transition est brusque.

Turris (v. 35). Scaliger voit dans le mot *turris* un idiotisme français ou italien qui décèle l'écrivain du moyen âge. Il est vrai qu'à dater des Lombards, tout château ou citadelle consistait surtout dans une tour plus ou moins forte , environnée de fortifications secondaires : de là vient cette apparition si fréquente du mot *tour* dans la géographie des époques suivantes, et même dans la géographie moderne. Mais s'ensuit-il nécessairement que l'expression latine doive avoir cette acception ? Rien ne le prouve. On pourrait d'abord la regarder comme un hellénisme, πύργος, qui en est la traduction, étant pris indifféremment pour tout lieu fortifié. Mais sans nous arrêter davantage à cette considération, observons que *turres* au pluriel, il est vrai, est souvent employé, même par les écrivains du bon siècle , comme synonyme de *arx* ou du pluriel *arces*, avec la signification de *lieu élevé naturellement* ou *par l'art.* — *Voyez* VIRGILE, *Géorg.*, liv. IV, v. 125; HORACE, *Od.*, liv. I, ode 4, v. 13; PROPERCE, liv. III, élég. 20, v. 15, etc. Resterait dès-lors à justifier le singulier pour le pluriel. Or, ce serait une synecdoque fort usitée en général, et dont se serait servi Juvénal au vers 290 de la sixième satire :

> ....Proximus urbi
> Annibal , et stantes collina in turre mariti.

L'exemple a été suivi par Claudien, *Guerre de Gildon*, v. 86:

> Muro sustinui Martem , noctesque cruentas
> Collina pro turre tuli........

Pourquoi Juvénal lui-même n'aurait-il pas imité un écrivain antérieur ?

Non secus (v. 41). Scaliger proposait : *Non secus ac moles æg. obj. fragori;* car, dit-il, la conjonction *ac* ne peut pas se retrancher après *non secus*. De même, au vers 43, il faudrait *non minus ac vires paul. ut colligit ignis.* Je ne partage pas son avis , que la prévention a probablement dicté. En général, on peut, quand il y a comparaison, faire ellipse de l'un des deux termes, pourvu que le sens soit assez clair pour qu'il n'en résulte aucune méprise. C'est ce que fait ici le poète, en comparant, non pas la constance de Lycoris à un rocher, mais un rocher à la constance de Lycoris, et en laissant de côté, par un artifice de style, le second terme de comparaison. Maximien offre un semblable exemple, élég. 1, v. 171.

Ventidio (v. 54). Ventidius fut pris dans la guerre Sociale par le père du grand Pompée, et mené à Rome en triomphe. Plus avancé en âge, il servit, sous César, dans la guerre des Gaules. Celui-ci remarqua en lui du talent, et l'éleva successivement par tous les degrés de la milice. Ventidius parvint à la préture et au consulat. Son expédition la plus célèbre est celle qu'il fit contre les Parthes, dont il triompha à Rome le premier de tous les généraux romains.

Augusti (v. 56). Quel anachronisme ! s'écrie Scaliger. Cornelius Gallus s'est donné la mort la quatrième année du règne d'Octave, et le consentement unanime des historiens nous apprend que le surnom d'Auguste ne fut donné par le sénat au vainqueur d'Actium, que dans la vingtième année après son avènement à l'empire. On a répondu en citant un fait semblable dans le *Panégyrique de Trajan* par Pline le Jeune, puisque l'orateur donne au prince le surnom d'*Optimus,* qui ne lui fut donné que six ans plus tard, par un sénatus-consulte. Ce rapprochement ne prouve rien, parce qu'il est certain que Pline a retouché son *Panégyrique* long-temps après l'avoir prononcé. Mais le triomphe de Scaliger n'a rien de plus solide. Horace, pour ne citer aucun autre auteur, a fréquemment employé le surnom d'Auguste, et dans des pièces reconnues comme plus ou moins antérieures à l'époque désignée. C'est que la voix du peuple avait précédé le sénatus-consulte, et rendait ainsi hommage à l'administration ferme et sage d'un grand prince.

Cædes (v. 78). Des éditions signalent une lacune de plusieurs vers. Qu'elle soit réelle ou non, la suite des idées n'en souffre guère.

Forsan et hic (v. 79). On a demandé comment Gallus pouvait avoir une semblable crainte, tandis qu'il combattait les Parthes. Une telle pensée était naturelle dans un siècle où les guerres civiles étaient fréquentes, dans un moment où une rupture était facile à prévoir entre Octave et Antoine, et, de plus, elle est amenée par les idées générales qui précèdent.

4.

Unanimis (v. 80). Expression peu claire. Si les deux frères combattent l'un contre l'autre, comment peut-on dire qu'ils soient unanimes ? Je préférerais lire *exanimis*.

Nardo (v. 91). Bien que le nard des anciens ait assez de rapport avec le nard moderne (*andropogon nardus*), on le rapporte plus généralement, d'après la description de Pline, à la famille des valérianées, et l'espèce la plus estimée serait la *valeriana jatamansi*, qui croît sur les montagnes des Indes. Cette plante odorante était très-recherchée des Romains. On en faisait des parfums d'une odeur très-suave; mais, de plus, on s'en servait pour aromatiser les vins, et même pour faire certains vins factices. *Voyez* PLINE, *Hist. Nat.*, liv. XII, ch. 26; liv. XIII, ch. 1 ; liv. XIV, ch. 19. On obtenait également d'autres vins en traitant convenablement des feuilles de rose. *Voyez* PLINE, *Hist. Nat.*, liv. XIV, ch. 19.

Nox est (v. 100). Des éditions ponctuent : *nox est mortis, et umbra subit.*

* * *

SUR LA MORT DE VIRGILE.

DE VIRGILII MORTE. Les premières éditions donnaient cette élégie sans nom d'auteur. Celle de Venise, en 1480, l'attribua à Cornelius Gallus; et Pulmann suivit cette opinion, que Scaliger a prouvée inadmissible.

Quem gemo (v. 2). C'est ainsi qu'écrivent les manuscrits et les meilleures éditions. On ne sait pourquoi Burmann, sur l'autorité d'un seul manuscrit, a préféré *quem fleo*, car il serait facile de citer bien des exemples de *gemo* avec l'accusatif, soit dans Virgile, Horace, etc., soit même dans les prosateurs, et dans Cicéron lui-même.

Precibus totus (v. 5). Le manuscrit de Saumaise lit *precibusque isdem*; celui de Vossius et l'édition de Venise, *precibus etenim tibi.*

Atque iterum (v. 7). Barth voudrait *anne iterem :* le sens y gagnerait-il beaucoup ?

Major nuncius (v. 9). Un manuscrit donne *Mincius*, qu'ont approuvé Heinsius et Burmann. La pensée n'en est pas plus claire, et il n'est aucunement probable que le poète ait écrit ainsi. Quant à la leçon vulgaire, il y a deux manières de l'expliquer littéralement, en rapportant *nuncius*, soit à Virgile, soit à Auguste. Si nous entendons Auguste, ce sera *major Virgilio*, flatterie possible; si Virgile, *major suffragio tuo*, et je préfèrerais *Æneamque tuum* : mais aucun manuscrit ne donne cette leçon.

A LYDIE.

AD LYDIAM. *Voyez* la Vie de Gallus, p. xvj.

Rubidam (v. 3). Des critiques ont attaqué cette expression, comme étant d'une latinité inférieure. On ne la trouve pas, il est vrai, dans les auteurs du bon siècle, tandis qu'elle a été employée par Suétone et Aulu-Gelle; mais elle est cependant fort ancienne, puisque Plaute s'en est servi dans *Casina*, acte II, sc. 5 :

> Una, edepol, opera in furnum calidum condito,
> Atque ibi torreto me pro pane rubido.

Wernsdorff ne conçoit pas cette alliance de couleurs: Il voudrait *rubeam*, dans le même sens que certains commentateurs lui donnent, à ce vers de Virgile (*Géorg.*, liv. I, v. 266):

> Nunc facilis rubea texatur fiscina virga;

mais il s'en faut de tout que l'on s'accorde unanimement à entendre *rubus* dans le sens d'*épineux*. Servius le fait dériver de *Rubi*, ville d'Italie dans la Pouille, dont parle Horace, *Sat.*, liv. I, sat. 5, v. 94, ou de *rubus*, *ronce*, ce qui entre mieux dans le sens de Wernsdorff. D'autres enfin rapprochent le vers de Virgile d'un passage de Pline, qui parle de baguettes d'un bois rouge ou sanguin, *virgæ coloris rubei aut sanguinei*.

Collum candidum (v. 7). Ce vers manque dans quelques éditions.

Productum (v. 8). Ovide a rendu différemment la même pensée dans ses *Fastes*, liv. V, v. 712 :

> Ultor adest Pollux ; et Lyncea perforat hasta,
> Qua cervix humeros continuata premit.

Roseas (v. 11). On trouve, mais rarement, *rubidas.*

Corallina (v. 13). D'autres auteurs ont parlé du corail; mais l'adjectif *corallinus* n'existe que dans cette élégie. On en pourrait presque dire autant de la comparaison, qui est si fréquente chez nos poètes.

Columbatim (v. 14). Autre expression qui appartient seulement à notre élégie. Il y en a une analogue dans Aulu-Gelle, liv. xx, ch. 9 :

> Sinuque amicam refice frigidam caldo
> Columbulatim labra conserens labris.

Plusieurs éditions et Aulu-Gelle ont même donné *columbatim.*

Animi (v. 15). Burmann voudrait *animæ*, et il cite à l'appui nombre de passages dans Properce, Pétrone, etc. Des citations encore plus nombreuses prouveraient que, dans Cicéron même, ces deux mots, malgré la nuance qui les distingue, sont employés souvent comme synonymes.

Gemipōmas (v. 18). Burmann attaque encore cette expression comme étrange et rompant la mesure; il voudrait la remplacer par *gemellulas*. Nous répondrons avec Wernsdorff que, dans toute la pièce, la quantité est assez lâche; que le mot a pu être composé par le poète, comme tant d'autres l'ont été par Plaute, par Catulle, etc.; enfin, que si la comparaison exprimée ne se retrouve dans aucun auteur latin, elle existait du moins chez les Grecs, ce qui suffit pour la justifier.

Cinnama (v. 20). Le *cinname* ou *cinnamome* était un arbrisseau d'Arabie, que l'on suppose un amyris, et dont l'écorce, surtout à l'extrémité des branches, répandait un parfum délicieux. *Voyez* ce qu'en dit Pline dans son *Histoire Naturelle*, liv. xii, ch. 42.

Quantum ego langueo (v. 24)? Nous avons adopté la leçon de Pricæus, sur les *Métamorphoses* d'Apulée, liv. x, page 589. On lit ordinairement :

> Sæva non cernis quod ego langueo ;

mais alors la mesure, comme l'observe Burmann, est fautive.

FRAGMENS.

I.

Occurris (v. 1). On trouve quelquefois *occurrit*, ce qui donne à la pensée plus de délicatesse.

Quod si nocte (v. 3). Cicéron (*de la Nature des dieux*, liv. 1, ch. 28) rapporte une épigramme à peu près semblable de Q. Catulus, sur Roscius :

Consisteram exorientem Auroram forte salutans,
   Quum subito a læva Roscius exoritur.
Pace mihi liceat, cœlestes, dicere vestra,
   Mortalis visus pulchrior esse Deo.

L'une et l'autre pièce sont une imitation de Platon.

Ἀστέρας εἰσαθρεῖς, Ἀστὴρ ἐμός· εἴθε γενοίμην
Οὐρανὸς, ὡς πολλοῖς ὄμμασιν εἰς σὲ βλέπω.

II.

Matris amor (v. 1). On peut voir dans Burmann (*Anthologie latine*) les efforts qu'il a faits pour rétablir le commencement de cette pièce.

Les premières éditions ont donné pour titre : *De duabus sororibus, meretriculis ex Illyrico, Gentia et Chloë, quæ Romana castra cum matre lena sequerentur.* Est-il ou non de Gallus? c'est ce qu'on ne saurait affirmer. Des critiques ont prétendu qu'il avait été écrit par une main d'un siècle postérieur ; car, disent-ils, Properce atteste formellement (liv. III, élég. 3, v. 45) qu'il n'était pas permis d'introduire des femmes dans les camps romains, et son témoignage est corroboré par celui de plusieurs auteurs. Cependant, on voit dans Suétone (*Vie d'Auguste*, ch. XXIV) qu'il a fallu rendre des édits pour faire observer cette ancienne coutume.

Berenicæo (v. 8). Les manuscrits donnent *Beronicæo*, qu'on ne trouve nulle autre part, et Catulle a dit :

Idem me ille Conon cœlesti lumine vidit
   E Berenicæo vertice cæsariem.

                 (*De coma Berenices*, v. 8.)

Bérénice, fille de Ptolémée Philadelphe, selon les uns, et d'Arsinoé, ou, selon d'autres, de Magas, frère de Ptolémée Philadelphe et roi de Cyrène, et d'Apamée, épousa Ptolémée Évergète, son frère ou son cousin. Ce prince étant engagé dans une expédition dangereuse, Bérénice, qui l'aimait tendrement, fit vœu de consacrer sa chevelure dans le temple de Vénus, si Ptolémée revenait vainqueur. Le vœu fut religieusement accompli ; mais, le lendemain, on ne retrouva plus la chevelure. Comme le roi en éprouvait une vive douleur, Conon, mathématicien célèbre, déclara qu'elle avait été transportée au ciel, et changée en une constellation de sept étoiles, qui se trouvent à la queue du Lion.

Esuriens Græcus (v. 9). Juvénal a imité ce passage, sat. III, v. 78 :

> Græculus esuriens in cœlum, jusseris, ibit.

Huc illuc (v. 14). On a proposé de rétablir ainsi le premier hémistiche :

> Fusca Chloë geminos. . . . .

Il est évident, en effet, que le poète veut parler, dans ces deux vers, de la sœur de Gentia.

III.

Subrides (v. 1). Les anciennes éditions donnent *soffrides*, vrai barbarisme, d'après le manuscrit publié par Manuce.

IV.

Uno tellures. Cornelius Gallus avait écrit quatre livres sur les amours, et voilà le seul vers qui nous en reste. Il a été conservé par Vibius Sequester, qui l'applique à l'Hypanis, dans son *Traité des Fleuves*. Barth l'a déterré le premier et l'a cité dans ses *Adversaria*, lib. XVII, c. 2, en s'étonnant que les siècles, dans leur course, aient épargné si peu les vers d'un grand poète. Scaliger, qui rapporte aussi ce fragment dans son travail sur Eusèbe, 1362, a préféré lire :

> Uno qui terras dividit amne duas.

Il attaque, de plus, Vibius Sequester, parce qu'il dit que l'Hypanis séparait l'Europe de l'Asie. Mais on a observé, contre Scaliger, qu'il y avait eu deux Hypanis, l'un qui se jetait dans le Borysthène, l'autre appelé encore Phase, que les anciens regardaient, en effet, comme la limite de ces deux parties du monde. Cette querelle n'intéresse d'ailleurs en rien le vers de Gallus. *Voyez* FONTANINI, *Histoire littéraire d'Aquilée*, Vie de Gallus, chapitre II, § I.

La pièce de *Lydie*, et celle *Occurris si mane mihi*, ont été traduites ou plutôt paraphrasées en vers français sur la fin du siècle dernier. Nous pensons qu'on lira avec plaisir ce double essai d'un poète peu connu, car il ne faut pas le confondre avec Gentil Bernard.

O Lydie ! objet enchanteur,
Qui du lis le plus blanc répète la blancheur ;
Toi, dont la rose égale à peine
Et l'incarnat et la fraicheur ;
Déploie à mes regards tes longs cheveux d'ébène,
Et montre-moi deux noirs sourcils
Sur tes deux yeux en voûtes arrondis ;
Montre-moi ton beau col et tes lèvres de rose ;
Que j'imprime un baiser sur ta bouche mi-close ;
Laisse-moi le plaisir charmant
De m'enivrer d'une faveur si chère ;
Pour un, oui, pour un seul, reçois-en plus de cent.
Que te demandé-je, imprudent ?
Ah ! plutôt, si tu veux m'en croire,
Cache-moi, par pitié, tant d'attraits ravissans.
Cache-moi bien surtout ces deux globes d'ivoire,
Dont la blancheur ajoute au trouble de mes sens.

Lydie, ah ! cruelle Lydie,
Tu m'abandonnes sans pitié.
Eh bien ! prends tout mon sang, je te le sacrifie ;
Va, j'aime mieux sortir tout-à-fait de la vie,
Que de ne vivre qu'à moitié.

(BERNARD, 1786.)

Occurris si mane...........

Rare objet, quand tes yeux, quand ta bouche m'enchante,
Quand d'un si doux murmure elle parle à mon cœur,
Ne l'ouvriras-tu pas, cette bouche charmante,
Pour prononcer le mot qui ferait mon bonheur ?

(BERNARD, 1786.)

GALLUS.

CN. CORNELII GALLI

SEU POTIUS

MAXIMIANI ETRUSCI

ELEGIÆ.

ELEGIA I.

Æmula cur cessas finem properare Senectus,
    Cur et in hoc fesso corpore tarda sedes?
Solve, precor, miseram tali de carcere vitam :
    Mors est jam requies, vivere pœna mihi.
Non sum qui fueram; periit pars maxima nostri :
    Hoc quoque quod superest, languor et horror habet.
Lux gravis in luctu, rebus mœstissima lætis;
    Quodque omni est pejus funere, velle mori.
Dum juvenile decus, dum mens sensusque manebat,
    Orator toto clarus in orbe fui.
Sæpe poetarum mendacia dulcia finxi,
    Et veros titulos res mihi ficta dedit.
Sæpe perorata percepi lite coronam,
    Et data sunt linguæ præmia digna meæ;

ÉLÉGIES

DE

MAXIMIEN L'ÉTRUSQUE

ATTRIBUÉES

A CN. CORNELIUS GALLUS.

———

ÉLÉGIE I.

Pourquoi, Vieillesse odieuse, pourquoi ne pas hâter la fin de ma carrière? Pourquoi demeurer obstinément dans ce corps abattu? Ah! je t'en conjure, délivre ma vie de cette prison affreuse : car la mort est un repos pour moi, vivre est un tourment. Je ne suis plus ce que j'étais; je survis à la meilleure partie de mon être; ce qui en reste languit et déplaît. Le jour me pèse dans l'infortune, et il empoisonne pour moi le bonheur même. Oui, il est un mal plus triste que le trépas; c'est de vouloir mourir.

Tandis que la fraîcheur de la jeunesse activait en moi l'âme et la pensée, je fus célèbre dans tout l'univers par mon éloquence. Poète, je créai souvent de doux mensonges, et je dus à la fiction des titres réels à la gloire. Orateur, j'ai cueilli au barreau des couronnes nombreuses, et plus d'une fois je reçus la juste récom-pense de mes accens. Mais aujourd'hui tout est mort

Quæ cum defunctis jam sunt immortua membris,
    Heu! senibus vitæ portio quanta manet!
Nec minor his aderat sublimis gratia formæ :
    Quæ, vel si desint cetera, muta placet.
Quin etiam virtus fulvo pretiosior auro,
    Per quam præclarum plus micat ingenium.
Si libuit celeres arcu tentare sagittas,
    Occubuit telis præda petita meis.
Si placuit canibus densos circumdare saltus,
    Prostravi multas non sine laude feras.
Dulce fuit madidam si fors versare palæstram,
    Implicui validis lubrica membra toris.
Nunc agili cursu cunctos anteire solebam :
    Nunc tragicos cantus exsuperare meo.
Augebat meritum dulcis mixtura bonorum :
    Ut semper varium plus micat artis opus.
Nam quæcumque solent per se perpensa placere,
    Alterno potius vincta decore placent.
Has inter virtutis opes, tolerantia rerum
    Spernebat cunctas insuperata minas.
Vertice nudato ventos pluviasque ferebam :
    Non mihi solstitium, non grave frigus erat.
Innabam gelidas Tiberini gurgitis undas;
    Nec metui dubio credere membra freto.
Quamvis exiguo poteram requiescere somno,
    Et quamvis modico membra fovere cibo :
At si me subito vinosus repperit hospes,

dans mes membres glacés : car, hélas ! qu'elle est légère,
la part du vieillard à la vie !

Alors encore j'avais cette taille riche et élevée qui
plaît à défaut même de bien d'autres avantages, et cette
fleur de santé plus précieuse que l'or, et qui rehausse
l'éclat du génie. Quand j'ai voulu essayer sur mon arc
mes flèches rapides, ma proie est tombée sous mes
coups. Si j'ai préféré environner de mes chiens d'épaisses
forêts, j'ai renversé, et non sans gloire, de nombreuses
victimes. Si j'ai voulu par un caprice tenter une pénible
lutte, j'ai pu saisir des membres glissans et les étreindre
dans mes bras nerveux. Tantôt je dépassais tous mes
rivaux dans ma course agile ; tantôt j'étouffais sous les
miens leurs chants tragiques. L'heureux mélange de tant
de qualités rehaussait encore leur mérite, comme l'art
brille davantage sous mille formes variées. Tout ce qui a
coutume de plaire, quand on le considère en lui-même,
plaît mieux encore, quand il emprunte un nouvel éclat
aux objets qui l'entourent.

A tous ces dons de la nature se joignait un tempérament invincible qui méprisait tout atteinte. Je suppor-
tais tête nue et le vent et la pluie ; ni le froid ni les
chaleurs du solstice ne pouvaient m'accabler ; j'affron-
tais au cœur de l'hiver les eaux glacées du Tibre, et
j'osais me confier à la mer en courroux. Le moindre
sommeil me reposait de mes fatigues, la moindre nourriture rendait à mon corps sa vigueur. Mais si je ren-
contrais tout à coup un hôte qui aimât à boire, ou si
un jour de fête me faisait prendre la coupe en main,
Bacchus, étonné de mon ardeur, me cédait lui-même la

Aut fecit lætus sumere vina dies;

Cessit et ipse pater Bacchus, stupuitque bibentem,

Et quicumque solet vincere, victus abit.

Haud facile est animum tantis inflectere rebus,

Ut res oppositas mens ferat una duas.

Hoc quoque virtutum quondam certamine magnum

Socratem palmam promeruisse ferunt.

Hinc etiam rigidum memorant valuisse Catonem:

Non res in vitium, sed male facta cadunt.

INTREPIDUS, quæcumque forent, ad utrumque ferebar:

Cedebant animo tristia cuncta meo.

Pauperiem, modico contentus, semper amavi;

Et rerum dominus, nil cupiendo, fui.

Tu me sola tibi subdis, miseranda senectus,

Cui cedit quidquid vincere cuncta potest.

In te corruimus; tua sunt quæcumque fatiscunt:

Ultima quæque tuo conficis ipsa malo.

ERGO his ornatum meritis provincia tota

Optabat natis me sociare suis:

Sed mihi dulce magis resoluto vivere collo,

Nullaque conjugii vincula grata pati.

Ibam per mediam venali corpore Romam,

Spectandus cunctis undique virginibus.

Quæque peti poterat, fuerat vel forte petita,

Erubuit vultus visa puella meos,

Et nunc subridens latebras fugitiva petebat,

victoire, et l'athlète, vingt fois victorieux, se retirait vaincu. C'est une entreprise difficile, de plier son âme à de tels exercices, et de l'accoutumer ainsi à deux choses opposées. C'est, dit-on, ce concours de toutes les qualités qui mérita jadis à Socrate la palme sur ses rivaux ; c'est lui qui fit la gloire du rigide Caton. Le vice n'est pas dans la chose même, mais dans l'abus qu'on en peut faire.

Résigné à tout évènement, je parcourais les extrêmes sans faiblir, et le malheur le cédait toujours à mon courage. Content de peu, j'aimais la pauvreté ; je n'avais point de désirs, et je n'en étais que plus riche. Toi seule, Vieillesse affreuse, tu me soumets à tes lois : car tu fais plier tout ce qui n'a connu que le triomphe. Nous échouons contre tes écueils ; car tout ce qui périt est ton ouvrage, et tu finis toujours par tout écraser de tes fléaux.

Quand je brillais de tant de qualités, l'Italie entière me désirait pour époux à ses filles : mais il m'était plus doux de vivre en liberté, et de n'avoir pas même à porter les liens charmans de l'hymen. On me voyait dans Rome promener de tous côtés ma beauté aux yeux de la vierge modeste. Celle qui espérait un regard, ou qui, par hasard, l'attirait, se mettait à rougir, quand ma vue se portait sur elle. Alors elle fuyait en souriant dans quelque retraite : mais elle ne voulait pas que sa fuite la dérobât tout entière ; elle désirait plutôt se laisser

5

Non tamen et fugiens, tota latere volens,
     Sed magis ex aliqua cupiebat parte videri,
       Lætior hoc multo, quod male tecta foret.
Sic cunctis formosus ego, gratusque videbar
       Omnibus, et sponsus sic generalis eram.
Sed tantum sponsus : nam me natura pudicum
       Fecerat, et casto pectore durus eram.
Nam dum præcipuæ cupio me jungere formæ,
       Permansi viduo frigidus usque toro.
Omnis fœda mihi, atque omnis mihi rustica visa est,
       Nullaque conjugio digna puella meo.
Horrebam tenues, horrebam corpore pingues :
       Nec mihi grata brevis, nec mihi longa fuit.
Cum media tantum dilexi ludere forma :
       Major enim mediis gratia rebus inest.
Corporis has nostri mollis lascivia partes
       Incolit : has sedes mater Amoris habet.
Quærebam gracilem, sed quæ non macra fuisset :
       Carnis ad officium carnea membra placent.
Sit quod in amplexu delectat stringere corpus,
       Ne lædant pressum quælibet ossa latus.
Candida contempsi, nisi quæ suffusa rubore
       Vernarent propriis ora serena rosis.
Hunc Venus ante alios sibi vindicat ipsa colorem,
       Diligit et florem Cypris ubique suum.
Aurea cæsaries, demissaque lactea cervix

apercevoir de quelque côté, et sa joie redoublait, dès qu'elle pouvait être aperçue.

C'est ainsi que ma beauté me faisait aimer et chérir de toutes les femmes qui me désiraient pour époux. Je n'ai point profité d'un tel avantage : car la nature m'avait fait chaste, et j'en étais devenu insensible. Mais surtout je ne voulais m'unir qu'à une beauté parfaite : aussi ma couche demeura toujours froide et solitaire. Il n'est point de femme qui ne m'ait paru sans attraits, sans grâces, et indigne de fixer enfin mes vœux. J'avais en horreur et trop de maigreur et trop d'embonpoint ; je n'aimais une taille ni trop élevée, ni trop petite ; mais je demandais à l'Amour un milieu entre ces deux excès, puisque c'est là que se trouve toujours le plus de grâce, puisque c'est là qu'habite, dans notre corps, la volupté la plus douce, et que réside la mère elle-même des Amours. Je voulais quelque chose de svelte, mais sans maigreur : car on aime, aux jeux de Vénus, des membres pleins de chair et un corps que l'on presse avec délices dans ses bras, sans qu'un os malencontreux vous blesse. J'ai dédaigné la blancheur du lis, quand une rougeur aimable n'y répandait pas les roses et tout l'incarnat du printemps : car c'est le mélange que Cypris préfère à tout autre, et elle aime à retrouver partout sa fleur chérie. Une blonde chevelure, des épaules de neige, des traits pleins de candeur m'ont paru souvent préférables ; mais, d'autres fois, des sourcils d'ébène, un front découvert et un œil noir attiraient mes regards et brûlaient ma poitrine. J'aimais encore des lèvres de corail et légèrement gonflées, qui opposassent à mes bai-

5.

Vultibus ingenuis, visa decere magis.

Nigra supercilia, et frons libera ; lumina nigra,

    Urebant animum sæpe notata meum.

Flammea dilexi modicumque tumentia labra ,

    Quæ gustata mihi, basia plena darent.

In tereti collo visum est pretiosius aurum ,

    Gemmaque judicio plus radiare meo.

SINGULA turpe seni quondam quæsita referre ,

    Et quod tunc decuit, jam modo crimen habet.

Diversos diversa juvant : non omnibus annis

    Omnia conveniunt : res prius apta, nocet.

Exsultat levitate puer, gravitate senectus :

    Inter utrumque manens stat juvenile decus.

Hunc tacitum tristemque decet ; fit carior ille

    Lætitia, et linguæ garrulitate suæ.

Cuncta trahit secum vertitque volubile tempus ,

    Nec patitur certa currere quæque via.

Nunc quia longa mihi gravis est et inutilis ætas,

    Vivere quum nequeam , sit mihi posse mori.

O quam dura premit miseros conditio vitæ !

    Nec mors humano subjacet arbitrio.

Dulce mori miseris ; sed mors optata recedit :

    At quum tristis erit, præcipitata venit.

ME vero heu ! tantis defunctum partibus olim,

    Tartareas vivum constat inire vias.

Jam minor auditus, gustus minor, ipsa minora

sers une douce résistance. L'or me paraissait plus précieux sur un cou d'albâtre, et la perle y étincelait de
plus de feux.

C'est une honte pour un vieillard de rappeler ainsi
ce qu'il aimait autrefois; et ce qui fit alors sa gloire,
ne lui mérite plus que le blâme. Chaque époque a son
caractère : tout ne convient pas à tout âge; ce qui est
le charme de l'un, nuit à l'autre. L'enfant plaît par sa
légèreté même, et le vieillard par la gravité, tandis
qu'un sage milieu se fait applaudir dans le jeune homme.
On aime chez un vieillard le silence et un air réfléchi :
on préfère, chez la jeunesse, une gaîté folâtre et son
babillage éternel. Tout s'enfuit, tout change avec le
temps, et, dans sa course mobile, jamais il n'a permis
de suivre constamment la même route. Maintenant que
de longs jours me sont lourds et inutiles, puisque je ne
puis vivre, ah! du moins, que je puisse mourir! Mais
quelle loi affreuse accable l'infortune sous le poids de
la vie? La volonté de l'homme ne peut rien sur la mort.
Le malheureux l'appelle et elle se refuse à ses vœux;
mais qu'elle soit un supplice, et elle accourt à pas pré-
cipités.

Pour moi, qui ai perdu déjà tant de parties de mon
être, je vis encore, hélas! et j'éprouve toute l'horreur du
trépas. Le goût, l'ouïe, la vue elle-même, tout s'affai-

Lumina; vix tactu noscere certa queo.

Nullus dulcis odor, nulla est mihi grata voluptas:

     Sensibus expertem quis superesse putet?

En Lethæa meam subeunt oblivia mentem,

     Nec confusa sui jam meminisse potest.

Ad nullum consurgit opus, cum corpore languet,

     Atque intenta suis obstupet ipsa malis.

Carmina nulla cano : cantandi summa voluptas

     Effugit, et vocis gratia vera perit.

Non fora sollicito, nec blanda poemata fingo ;

     Litibus aut rapidis commoda dura sequor.

Ipsaque me species quondam dilecta reliquit,

     Et videor formæ mortuus esse meæ.

Pro niveo rutiloque prius, nunc inficit ora

     Pallor, et exsanguis funereusque color.

Aret sicca cutis, rigidi stant undique nervi,

     Et lacerant uncæ scabrida membra manus.

Quondam ridentes oculi, nunc fonte perenni

     Deplangunt pœnas nocte dieque suas.

Et quos grata prius ciliorum serta tegebant,

     Desuper incumbens hispida silva premit;

Ac velut inclusi cæco conduntur in antro :

     Nescio quid torvum seu furiale vident.

Jam pavor est vidisse senem; nec credere possis

     Hunc hominem, humana qui ratione caret.

Si libros repeto, duplex se littera findit;

blit en moi. Le tact me laisse à peine reconnaître avec
certitude. Point d'odeur qui me plaise, point de volupté
qui me ranime : est-ce donc vivre, grands dieux ! que de
vivre privé de tous les sens? L'oubli du Léthé s'empare
encore de mon intelligence. Voilée désormais, elle se
souvient à peine d'elle-même ; aucune idée ne la réveille;
elle languit avec le corps, et s'étonne avec effroi des
maux qui l'oppriment. Aujourd'hui j'ai renoncé aux
chansons : car ce plaisir si vif s'est évanoui, et ma voix
a perdu son harmonieuse pureté. J'ai renoncé au charme
des vers, et je ne parais plus au barreau, à moins qu'un
besoin impérieux ne me fasse enrager après quelque
procès. J'ai perdu cet extérieur même, qui fit autrefois
mon orgueil, et je parais mort à ma beauté. Ce teint
de neige et de rose est souillé aujourd'hui par une pâleur affreuse, présage d'épuisement et de deuil. Ma peau
se gerce et se dessèche ; mes nerfs se raidissent dans
tout mon corps, et mes membres décharnés sont déchirés chaque jour sous ma main et mes ongles. Mes yeux,
jadis rians, sont maintenant une source continuelle de
larmes, qui s'épanche nuit et jour sur mon infortune.
Au lieu des gracieux contours qui les recouvraient,
une forêt de poils informes tombe sur eux et les cache,
comme s'ils étaient enfermés dans les profondeurs d'un
antre obscur, et de là s'échappe je ne sais quel regard
de bête fauve ou de furie. On tremble aujourd'hui d'apercevoir mes traits ; on ne peut regarder comme un homme
celui qui a perdu l'intelligence humaine.

Si je reprends mes livres, chaque lettre me paraît

Largior occurrit pagina nota mihi.
Claram per nebulas videor mihi cernere lucem;
    Nubila sunt oculis ipsa serena meis.
Eripitur sine nocte dies : caligine cæca
    Septum Tartareo quis neget esse loco?
Talia quis demens homini persuaserit auctor
    Ut cupiat, voto turpior esse suo?
Jam subeunt morbi, subeunt discrimina mille :
    Jam dulces epulæ deliciæque nocent.
Cogimur a gratis animum suspendere rebus ;
    Atque ut vivamus, vivere desinimus.
Et jam me, dudum cui nulla adversa nocebant,
    Ipsa, quibus regimur, nunc alimenta gravant.
Esse libet saturum, saturum mox esse pigebit :
    Præstat ut abstineam, ast abstinuisse nocet.
Quæ modo profuerat, contraria redditur esca :
    Fastidita jacet, quæ modo dulcis erat.
Non Veneris, non grata mihi sunt munera Bacchi,
    Nec quidquid vitæ fallere damna solet.
Sola jacens natura manet, quæ sponte per horas
    Solvitur, et vitio carpitur ipsa suo.
Nec toties experta mihi medicamina prosunt,
    Non ægris quidquid ferre solebat opem.
Sed cum materia pereunt quæcumque parantur,
    Fit magis et damnis tristior urna meis.
Non secus instantem cupiens fulcire ruinam,
    Diversis contra nititur objicibus ;

double, et jusqu'à ma page favorite se présente plus
large. Je crois voir à travers les nuages un jour serein :
car le nuage paraît à mes yeux un ciel pur. Quelquefois
le jour m'abandonne en plein midi; et alors, quand les
ténèbres m'enveloppent, qui me nierait plongé d'avance
dans le Tartare? Où est l'insensé qui conseille à l'homme
de désirer la vieillesse? vœu déplorable! Mais la vie qu'il
appelle l'est cent fois plus. Les maladies s'avancent;
mille dangers nous entourent; la table même et tous les
plaisirs nous ruinent. Il faut alors arracher son âme à
tout ce qui plaît, et cesser de vivre, pour conserver sa
vie. Moi, à qui jamais un mets ne fut contraire, aujourd'hui le régime le plus doux me fatigue. J'ai faim, et
bientôt je me plaindrai d'avoir mangé; je reste sur mon
appétit, et j'en éprouve du malaise. La nourriture qui
me fut naguère utile, me devient contraire, et celle que
j'aimais tant ne m'inspire plus que du dégoût. Ni Vénus,
ni Bacchus, ni tout ce qui a coutume de tromper nos
ennuis, ne m'offre à présent aucun charme. Chez moi,
la nature languit abandonnée; elle se dissout d'elle-même
d'heure en heure, et se ruine par sa propre faute. Les
remèdes dont j'éprouvai souvent l'énergie, ne peuvent
rien; tout ce qui porte ordinairement quelque secours
aux malades, demeure impuissant; l'art succombe,
quand la nature périt, et le trépas toujours si triste le
devient encore plus par tant de pertes. Ainsi un homme,
pour soutenir un édifice qui menace ruine, lutte et entasse étais sur étais : mais le temps délie bientôt toute la
machine, et écrase sous les débris tout ce qui voulait
en prévenir la chute.

Donec longa dies, omni compage soluta,
    Ipsum cum rebus subruat auxilium.
Quid, quod nulla levant animum spectacula rerum,
    Nec mala tot vitæ dissimulare licet.
Turpe seni vultus nitidi, vestesque decoræ,
    Atque etiam est ipsum vivere turpe senem.
Crimen amare jocos, crimen convivia, cantus :
    O miseri, quorum gaudia crimen habent !
Quid mihi divitiæ? quarum si dempseris usum,
    Quamvis largus opum, semper egenus ero.
Imo etiam pœna est partis incumbere rebus,
    Quas quum possideas, est violare nefas.
Non aliter sitiens vicinas Tantalus undas
    Captat, et appositis abstinet ora cibis.
Efficior custos rerum magis ipse mearum,
    Conservans aliis quæ periere mihi :
Sicut in auricomis pendentia plurimus hortis
    Pervigil observat non sua poma draco.
Hinc me sollicitum torquent super omnia curæ ;
    Hinc requies animo non datur ulla meo.
Quærere quæ nequeo, semper retinere laboro,
    Et retinens semper, nil tenuisse puto.
Stat dubius tremulusque senex, semperque malorum
    Credulus ; et stultus, quæ facit ipse, timet.
Laudat præteritos, præsentes despicit annos :
    Hoc tantum rectum, quod sapit ipse, putat.

Est-il au moins quelque spectacle qui puisse consoler le vieillard, ou lui est-il permis de chercher à voiler tant de maux? C'est une honte pour lui, de soigner sa figure ou ses habits, et on lui reproche même de vivre encore. On lui fait un crime d'aimer les jeux, les festins et les danses; on nous blâme, infortunés que nous sommes, du moindre plaisir. Que m'importent les richesses, si vous m'en ôtez la jouissance? N'est-ce pas rester pauvre au milieu de tous les biens? Que dis-je? c'est un supplice de veiller sur des trésors que l'on possède, mais auxquels on ne saurait toucher sans un sacrilège. Nouveau Tantale, je poursuis dans ma soif brûlante l'eau qui m'entoure, et il me faut jeûner sans cesse au milieu des mets les plus exquis. Gardien plutôt que maître de mes richesses, je conserve pour autrui ce qui n'existe plus pour moi : semblable au dragon vigilant, qui se multiplie dans les jardins des Hespérides pour conserver à d'autres les pommes d'or qui en font la richesse. Voilà les soins qui me dévorent d'inquiétudes et qui empêchent mon âme de goûter le moindre repos. Je veux retenir sans cesse ce que je ne saurais plus acquérir, et, sans rien perdre, je ne crois rien sentir entre mes doigts glacés.

Toujours incertain et tremblant, le vieillard croit toujours à de nouveaux malheurs, et redoute follement des maux qu'il se crée à lui-même. Il loue le passé et dédaigne le présent; il ne trouve qu'en lui seul l'habileté, la science et la sagesse, et cette croyance elle-même n'en

Se solum doctum, se judicat esse peritum ;

    Et quod sit sapiens, desipit inde magis.

Multa licet nobis referens, eademque revolvens

    Horret, et alloquium conspuit ipse suum.

Deficit auditor, non deficit ipse loquendo :

    O sola fortes garrulitate senes !

Omnia necquidquam clamosis vocibus implet:

    Nil satis est ; horret, quæ placuere modo.

Arridet de se ridentibus, ac sibi plaudens

    Incipit opprobrio lætior esse suo.

Hæ sunt primitiæ mortis ; his partibus ætas

    Defluit, et pigris gressibus ima petit.

Non habitus, non ipse color, non gressus euntis,

    Non species eadem, quæ fuit ante, manet.

Labitur ex humeris demisso corpore vestis ;

    Quæque brevis fuerat, jam modo longa mihi est.

Contrahimur miroque modo decrescimus ; ipsa

    Diminui nostri corporis ossa putes.

Nec cœlum spectare licet, sed prona Senectus

    Terram, qua genita est, quam reditura, videt :

Fitque tripes, prorsus quadrupes, ut parvulus infans,

    Et per sordentem, flebile, serpit humum.

Ortus cuncta suos repetunt, matremque requirunt ;

    Et redit ad nihilum, quod fuit ante nihil.

Hinc est quod baculo incumbens ruitura Senectus

    Assiduo pigram verbere pulsat humum :

constate que mieux sa folie. Sa conversation serait instructive : mais il ennuie parce qu'il se répète, et il est le premier à cracher sur ses discours. Son auditeur se lasse : mais lui parle toujours sans se lasser : car la vieillesse, hélas ! n'a plus de force que dans la langue! C'est en vain qu'il fait retentir tout de sa voix criarde : rien ne lui suffit ; il rejette ce qui lui plut naguère. Il rit à son tour de ceux qui rient de lui, s'applaudit lui-même, et finit par trouver du charme à être un objet de raillerie.

Voilà les prémices de la mort; voilà comme notre âge s'écoule et descend à pas lents vers la tombe. Ce n'est plus le même maintien, la même fraîcheur, la même démarche, ni cet aspect qui plaît dans la jeunesse. Les vêtemens qui tombent de nos épaules nous attestent amaigris, et, trop courts autrefois, aujourd'hui ils touchent presque la terre. Nous rapetissons et nous décroissons d'une manière étonnante, comme si les os de notre corps diminuaient. Le vieillard ne peut plus contempler le ciel. Toujours penché, il regarde la terre d'où il est né, où il retournera bientôt ; il s'avance à trois pieds, quelquefois à quatre, comme l'enfant à la mamelle, et il rampe tristement dans la fange. Tout rentre au sein qui lui donna la vie, tout redevient néant, comme il l'était dans l'origine. Voilà pourquoi la Vieillesse courbée, pour se soutenir, sur un bâton, frappe continuellement la terre insensible à ses vœux ; et tandis qu'elle précipite et multiplie ses pas, je crois la voir ouvrir en ces termes sa bouche chargée de rides : « O ma mère, aie pitié des malheurs de ton fils; reçois-moi dans ton sein,

Et numerosa movens crebro vestigia passu ,
　Talia rugato creditur ore loqui :
Suscipe mé, genitrix, nati miserere laborum;
　Membra velis gremio fessa fovere tuo.
Horrent me pueri; nequeo velut ante videri :
　Horrendos partus cur sinis esse tuos?
Nil mihi cum Superis; explevi munera vitæ :
　Redde , precor , patrio mortua membra solo.
Quid miseros variis prodest suspendere pœnis ?
　Non est materni pectoris ista pati.
His dictis , trunco titubantes sustinet artus ,
　Neglecti repetens stramina dura tori.
Quo postquam jacuit , misero quid funere differt?
　Heu ! tantum attriti corporis ossa vides.
Quumque magis jaceam semper, vivamque jacendo,
　Quis sub vitali me putet esse loco ?
Jam pœna est totum quod vivimus : urimur æstu ;
　Officiunt nebulæ ; frigus et aura nocent;
Ros lædit , modicoque etiam corrumpimur imbre ;
　Veris et autumni lædit amœna dies.
Hinc miseros scabies , hinc tussis anhela fatigat;
　Continuos gemitus ægra senectus habet.
Hos superesse rear , quibus et spirabilis aer ,
　Et lux, qua regimur, redditur ipsa gravis?
Ipse etiam , cunctis requies gratissima, somnus
　Avolat, et sera vix mihi nocte redit.

et réchauffe, je t'en conjure, mes membres fatigués. La jeunesse fuit ma présence; on craint de m'apercevoir comme autrefois : moi, ton enfant, pourquoi me dévouer au mépris? Le ciel ne m'est plus rien; car j'ai vécu mon temps : rends mon corps, rends-le par le trépas au sol qui l'a fait naître. Qu'est-il besoin de retenir l'infortuné attaché à mille supplices? Si tu le souffres, non, tu n'es pas une mère. »

Il dit, appuie sur un bâton ses membres chancelans, et regagne avec peine sa couche rude et grossière. Qu'il s'y étende : quelle différence avec le trépas? On n'aperçoit, hélas! que les ossemens d'un corps usé. Et moi, presque toujours attaché sur ma couche; moi, dont la vie se passe ainsi, qui pourrait me compter au nombre dés hommes? Vivre est pour nous un supplice. La chaleur nous brûle, un temps sombre nous accable, le froid et le vent nous nuisent; la rosée nous blesse; il suffit du moindre orage pour nous abattre, ou quelquefois même d'un beau jour de printemps ou d'automne. Infortunés! une toux haletante et la faiblesse nous minent, et les maux de la vieillesse nous arrachent sans cesse des gémissemens. L'homme existe-t-il donc, quand l'air qu'il respire et la lumière qui le dirige lui deviennent à charge? Le sommeil lui-même, qui nous repose avec tant de charme, s'envole loin de moi, et revient à peine quand la nuit s'avance; ou s'il daigne visiter mes membres fatigués, hélas! que d'images apportent avec elles le trouble et l'horreur! La plume la plus douce ressemble à un dur rocher;

Vel si lassatos unquam dignabitur artus,

    Turbidus heu! quantis horret imaginibus!

Mollia fulcra tori duris sunt cautibus æqua :

    Parva licet, magnum pallia pondus habent.

Cogor per mediam turbatus surgere noctem,

    Multaque, ne patiar deteriora, pati.

Vincimur infirmi defectu corporis; et qua

    Noluero, infelix hac ego parte trahor.

Omnia naturæ solvuntur viscera nostræ;

    Et tam præclarum quam male nutat opus.

His veniens onerata malis incurva Senectus,

    Cedere ponderibus se docet ipsa suis.

Ergo quis has cupiat per longum ducere pœnas?

    Paulatimque anima deficiente mori?

Morte mori melius, quam vitam ducere mortis,

    Et sensus membris sic sepelire suis.

Non queror, heu! longi quod totum solvitis anni :

    Improba naturæ dicere jussa nefas.

Deficiunt validi longævo tempore tauri,

    Et quondam pulcher, fit modo turpis equus;

Fracta diu rabidi compescitur ira leonis,

    Lentaque per senium Caspia tigris erit;

Ipsa etiam veniens consumit saxa vetustas,

    Et nullum est quod non tempore cedat opus.

Sed mihi venturos melius prævertere casus,

    Atque infelices anticipare dies.

le drap le plus léger m'accable d'un poids immense. La
crainte me fait lever au milieu de la nuit et me con-
damne à bien des souffrances, pour n'avoir pas tant à
souffrir. Le corps languit, manque et succombe, et la
partie que je voudrais défendre est attaquée la première. La nature se brise en moi dans ce qu'elle a de
plus intime ; déjà son plus bel ouvrage chancelle pour
tomber.

C'est courbée sous le poids de tant d'infortunes que
la Vieillesse s'avance, et elle s'apprend à elle-même à
fléchir sous un tel fardeau. Qui voudrait prolonger
long-temps un pareil supplice? Qui voudrait se voir languir et mourir peu à peu? Ne vaut-il pas mieux en finir
que de vivre une vie de mort, et de voir ainsi l'âme
s'ensevelir dans les organes? Je ne me plains pas, hélas!
qu'une longue vie amène enfin le trépas : car c'est un
sacrilège de taxer la nature d'injustice. Le taureau vi-
goureux s'affaiblit avec l'âge; le coursier si orgueilleux
jadis ne conserve plus sa beauté; le lion voit sa colère
et sa rage se briser contre les ans; le tigre d'Hyrcanie
devient lourd avec la vieillesse; la pierre elle-même est
usée par le cours des siècles, et il n'est point de mer-
veille qui ne ressente tôt ou tard leur outrage. Mais
pour moi, j'aime mieux prévenir des malheurs trop certains et abréger des jours d'infortune. On souffre moins,
quand on succombe de suite à une ruine inévitable; on
souffre plus, quand il faut la craindre long-temps.

6

Pœna minor, certam subito perferre ruinam ;
 Quod timeas, gravius sustinuisse diu.
AT quos fert alios quis possit dicere casus ?
 Hoc quoque difficile est commemorasse seni.
Jurgia, contemptus, violentaque damna sequuntur;
 Nec quisquam ex tantis præbet amicus opem.
Ipsi me pueri, atque ipsæ sine lite puellæ,
 Turpe putant dominum jam vocitare suum.
Irrident gressus, irrident denique vultus ;
 Et tremulum, quondam quod timuere, caput.
Quumque nihil videam, tamen hoc spectare licebit,
 Ut gravior misero pœna sit ista mihi.
Felix qui meruit tranquillam ducere vitam ,
 Et lætos stabili claudere fine dies !
Dura satis miseris memoratio prisca bonorum ;
 Et gravius summo culmine missa ruunt.

Qui pourrait dire tous les autres fléaux de la vieillesse? Un vieillard lui-même parviendrait difficilement
à les compter. On voit à sa suite les disputes, les mépris
et souvent la violence, sans qu'il reste un seul ami qui
lui porte secours. L'enfant même et la jeune fille rou-
gissent de m'appeler désormais du moindre titre d'honneur. Ils rient de ma démarche, de mon air, de mon
front qui tremble, et qui jadis les faisait trembler. Mes
yeux aperçoivent à peine : mais ce spectacle ne peut leur
échapper ; car il doit redoubler et mon infortune et mon
supplice. Heureux l'homme qui peut couler une vie
tranquille, et terminer d'heureux jours par un prompt
trépas ! Il est dur pour l'infortuné de rappeler sa félicité
passée. Plus on fut élevé, plus la chute en devient affreuse.

ELEGIA II.

En dilecta mihi nimium formosa Lycoris,

    Cum qua mens eadem, res fuit una mihi,

Post multos quibus indivisi viximus annos,

    Respuit amplexus, heu! stupefacta meos.

Jamque alios juvenes, aliosque requirit amores :

    Me vocat imbellem decrepitumque senem;

Nec meminisse valet transactæ gaudia vitæ,

    Nec quod me potius reddidit ipsa senem.

Imo etiam causas ingrata ac perfida fingit,

    Ut spretus vitio judicer esse meo.

Hæc me præteriens quum dudum forte videret,

    Exspuit, obductis vestibus ora tegens.

Hunc, inquit, dilexi? hic me complexus amavit?

    Huic ego sæpe, nefas, oscula blanda dedi?

Nauseat, et priscum vomitu ceu fundat amorem,

    Imponit capiti plurima dira meo.

Heu! quid longa dies nunc affert? ut sibi quisquam

    Quondam dilectum prodere turpe putet?

Nonne fuit melius tali me tempore fungi,

    Quo nulli merito despiciendus eram;

Quam, postquam periit quidquid fuit ante decoris,

ÉLÉGIE II.

La voilà, cette Lycoris, cette beauté que j'ai tant
chérie, cette femme à qui j'ai tout donné, ma fortune
et mon cœur! Après avoir vécu tant d'années dans l'u-
nion la plus intime, hélas! elle repousse avec étonnement mes caresses ; elle cherche d'autres jeunes gens
et d'autres amours ; elle me reproche ma faiblesse et ma
décrépitude, sans vouloir se rappeler les jours heureux
que nous avons coulés ensemble, et que ma vieillesse
elle-même est plutôt son ouvrage. L'ingrate! il faut à sa
perfidie des prétextes pour imputer à ma propre faute
ses injustes mépris.

Il y a long-temps déjà qu'elle m'aperçut en passant, et
qu'avec un geste de dédain elle ramena sa robe devant
son visage. Quoi! dit-elle, j'ai pu l'aimer? Il m'a serré
amoureusement dans ses bras? je lui ai prodigué souvent
les plus douces caresses? Son cœur se soulève, et, comme
pour extirper son ancien amour, elle vomit et entasse
sur ma tête les malédictions les plus cruelles.

Hélas! voilà donc les fruits de la vieillesse? On regarde comme une honte d'avouer l'amour qu'on éprouva
jadis. N'eût-il pas mieux valu mourir, quand rien en
moi ne pouvait justifier un dédain, que de vivre accablé
sous des reproches mérités, après avoir perdu tout ce
qui faisait autrefois ma gloire? Elle n'est plus, cette lon-

Exstinctum meritis vivere criminibus?

Jam nihil est totum quod viximus : omnia secum

     Tempus præteriens horaque summa trahit.

Atque ea, dum nivei circumdant tempora cani,

     Et jam cæruleus inficit ora color,

Præstat adhuc, nimiumque sibi speciosa videtur,

     Atque annos mecum despicit illa suos.

Et fateor, primæ retinet monumenta figuræ,

     Atque inter cineres condita flamma manet.

Ut video, pulchris etiam vos parcitis, anni;

     Nec veteris formæ gratia tota perit.

Relliquiis veterum juvenes pascuntur amorum,

     Et si quid nunc est, quod fuit ante, placet.

Ante oculos statuunt primævi temporis actus,

     Atque in præteritum luxuriantur opus.

At quia nos totus membrorum deserit usus,

     Nullos amplexus, quos remoretur, habet.

Sed miseris solus superest post omnia luctus.

     Quot bona tunc habui, tot modo damna fleo.

Ergo velut pecudum præsentia sola manebunt?

     Nil de transactis, quod memoretur, erit?

Quum fugiunt et bruta novos animalia campos,

     Et repetunt celeres pascua nota greges;

Sub qua decubuit requiescens diligit umbram

     Taurus, et amissum quærit ovile pecus;

Dulcius in solitis cantat philomela rubetis,

gue jeunesse! Le temps entraîne tout dans sa course, et
la dernière heure s'avance. Déjà des cheveux blancs
ombragent ma tête de leurs flocons, et une teinte livide
souille mes traits. Elle cependant brille encore, ne se voit
que trop belle, et veut en me fuyant oublier aussi ses
années. Je l'avoue ; elle conserve toujours les marques de
son ancienne beauté. C'est une flamme qui vit toujours,
mais cachée sous la cendre : car l'âge même, je le vois,
épargne les attraits d'une femme, et ne détruit pas entièrement ce qui charmait autrefois en elle. La jeunesse
glane encore les restes des anciens amours; elle recherche dans les femmes ce qui a pu échapper à l'âge; elle
prête la vie au souvenir de leurs jeunes années, et leur
passé jette encore pour elle un vernis séducteur. Mais
nous, quand nous avons perdu entièrement l'usage de
nos membres, il n'est plus rien qui appelle une dernière
caresse, et le deuil nous reste seul dans notre infortune.
Autant j'ai eu jadis de qualités, autant aujourd'hui je
dois pleurer de pertes.

Ainsi l'homme n'a pour lui que le présent, comme
de vils troupeaux? Le passé ne transmettra jamais rien
à la mémoire? Cependant l'animal privé de raison fuit
de nouvelles prairies pour regagner au plus vite ses anciens pâturages; le taureau aime l'ombrage sous lequel
il s'est reposé déjà, et la brebis regrette le bercail qu'elle
a perdu; le rossignol fait entendre des chants plus doux
sous les buissons qui lui servent d'asile, et l'animal le

Fitque suum rabidis dulce cubile feris:
Tu tamen et bene nota tibi, atque experta relinquis
 Hospitia, et potius non manifesta petis?
Nonne placet melius certis confidere rebus?
 Eventus varios res nova semper habet.
Sum grandævus ego, nec tu minus alba capillis :
 Par ætas animos conciliare solet.
Si modo non possum, quondam potuisse memento :
 Sit satis, ut placeam, me placuisse prius.
Permanet invalidis reverentia prisca colonis ;
 Quod fuit, in vetulo milite miles amat;
Rusticus expertum deflet cecidisse juvencum ;
 Cum quo consenuit, victor honorat equum.
Nec me adeo primis spoliavit floribus ætas :
 En facio versus, et mea facta cano.
Sit gravitas, sitque ipsa tibi veneranda senectus :
 Sit quod te nosti vivere velle diu.
Quis suam in alterius condemnet crimine vitam?
 Et quo pertendit claudere certet iter?
Dicere si fratrem, seu dedignaris amicum,
 Dic patrem ; affectum nomen utrumque tenet.
Vincat honor luxum, pietas succedat amori :
 Plus ratio, quam vis cæca, valere solet.
His lacrymis longos, quantum fas, flevimus annos :
 Est grave, quod doleat, commemorare diu.

plus farouche préfère sa tanière accoutumée : toi, Lycoris,
tu quittes une demeure bien connue et long-temps éprou-
vée. pour chercher ailleurs une hospitalité incertaine.
Pourquoi ne pas confier de préférence ton repos à un
calme assuré ? La nouveauté entraîne avec elle des
chances qu'on ne saurait prévoir.

Oui, je suis sur le retour ; mais tes cheveux blanchis-
sent aussi : le même âge réunit ordinairement les cœurs.
Si je ne puis rien maintenant, rappelle-toi ma jeunesse,
et qu'il me suffise pour plaire d'avoir su plaire jadis. On
respecte encore dans le laboureur sa force anéantie. Le
soldat aime dans son vieux compagnon ce qu'il a été autrefois ; le laboureur gémit sur son taureau vieilli, et le
soldat estime davantage le coursier qui fut le compagnon de ses travaux. L'âge, d'ailleurs, ne m'a pas tellement dépouillé des fleurs de mon printemps, puisque
je cultive les Muses et que je chante mes exploits. Respecte donc mon âge et ma vieillesse elle-même, et sou-
viens-toi que tu demandes aussi une longue vie. Qui
oserait en accuser un autre, s'il se condamnait lui-
même ? qui voudrait fermer la route qu'il brûle de
parcourir ? Si tu ne veux m'appeler ni ton frère, ni
ton ami, appelle-moi ton père : car tous ces noms dé-
signent une affection vive. Que l'estime remplace un
sentiment plus tendre ; que l'amitié succède à l'amour :
la raison l'emporte ordinairement sur son aveugle puissance.

Voilà les larmes que je répands autant qu'il est possible sur ma longue vieillesse : car il est dur de fixer
long-temps un souvenir pénible.

ELEGIA III.

Nunc operæ pretium est quædam memorare juventæ,
    Atque senectutis pauca referre meæ;
Quo lector mentem rerum vertigine fractam
    Erigat, et mœstum noscere curet opus.
Captus amore tuo demens, Aquilina, ferebar,
    Pallidus et tristis, captus amore tuo.
Nondum quid sit Amor, vel quid Venus ignea, noram:
    Torquebar potius rusticitate mea.
Nec minus illa mea percussa a cuspide, flagrans
    Errabat, tota non capienda domo.
Stamina, pensa procul nimium dilecta jacebant:
    Solus amor cordi curaque semper erat:
Nec reperire viam, qua cæcum pasceret ignem,
    Docta, nec alternis reddere verba notis.
Tantum in conspectu studio perstabat inani,
    Anxia vel solo lumine corda fovens.
Me pedagogus adit: illam tristissima mater
    Servabat, tanti pœna secunda mali.
Prensabantque oculos nutusque per omnia nostros,
    Quique solet mentis ducere signa color.
Dum licuit, votum tacité compressimus ambo,

ÉLÉGIE III.

Aujourd'hui rappelons, il le faut, quelque trait de mon jeune âge, et ne pensons qu'à peine à ma vieillesse. Mes récits récréeront l'âme du lecteur abattue par de tels retours, et il en aimera davantage mes chants plaintifs.

Épris de ton amour, Aquilina, j'étais emporté par ma folie : oui j'étais pâle et triste, épris de ton amour. Je ne connaissais encore ni l'Amour ni les feux de Vénus : mais j'étais tourmenté plutôt par mon innocence. Elle aussi brûlait pour moi, frappée de la même flèche. Elle parcourait tous les détours de sa demeure trop étroite ; elle abandonnait loin d'elle et le tissu et l'ouvrage qu'elle préférait jadis : l'amour seul et ses inquiétudes occupaient son âme. Elle ne trouvait, dans son inexpérience, ni les moyens de nourrir un feu caché, ni l'art de se renvoyer mutuellement des tablettes fidèles : seulement elle recherchait ma présence avec une opiniâtreté bien vaine, et il lui suffisait des regards pour repaître sa flamme inquiète.

Près de moi veillait un maître, près d'elle une mère sévère, qui ajoutait encore à tous nos maux. Tous deux saisissaient à chaque instant le moindre regard, le moindre signe, et cette rougeur, indice certain qui trahit toujours la pensée. Tant que la chose fut possible, nous renfermions nos désirs au fond du cœur, et nous tra-

Et varia dulces teximus arte dolos.

At postquam teneram rupit verecundia frontem,
     Nec valuit penitus flamma recepta tegi,

Mox captare locos et tempora cœpimus ambo,
     Atque superciliis luminibusque loqui ;

Fallere sollicitos, suspensos ponere gressus,
     Et tota nullo currere nocte sono.

Nec longum; genitrix furtivum sensit amorem,
     Et medicare parans vulnera vulneribus,

Increpitat cæditque : augentur cædibus ignes,
     Ut solet adjecto crescere flamma rogo.

Concipiunt geminum flagrantia corda furorem,
     Et sic permisto sævit amore dolor.

Tunc me visceribus perterrita quærit anhelis,
     Emptum suppliciis quem putat esse suis.

Nec memorare pudet, turpesque revolvere vestes;
     Imo etiam gaudens imputat illa mihi.

Pro te susceptos juvat, inquit, ferre dolores :
     Tu pretium tanti dulce cruoris eris.

Sit modo certa fides, atque inconcussa voluntas :
     Quæ nihil imminuit passio, nulla fuit.

His egomet stimulis angebar semper, et ardens
     Languebam; nec spes ulla salutis erat.

Prodere non ausus, carpebar vulnere muto :
     Sed stupor et macies vocis habebat opus.

Hic mihi, magnarum scrutator maxime rerum,

mions avec un art infini mille ruses pleines de charmes.
Mais lorsque la pudeur s'échappa de notre jeune front,
et qu'il devint impossible de cacher davantage le feu qui
nous dévorait, alors il fallut épier le lieu et l'instant fa-
vorable, nous parler du regard et par signes, tromper
une vigilance attentive, marcher sur un orteil craintif,
et courir la nuit entière sans être entendus.

Notre ivresse fut de courte durée. L'œil d'une mère
comprit nos furtives amours. Prête à guérir une blessure
par une autre, elle gronde et frappe : mais tes feux,
Aquilina, croissent sous la verge maternelle, comme la
flamme sous le bois dont on voudrait l'étouffer. Son
cœur brûle d'une nouvelle ardeur, et la douleur se joint
à l'amour pour la tourmenter sans cesse. Alors elle me
cherche, haletante de plaisir et de crainte; elle croit
m'avoir acheté par ce qu'elle a souffert; elle l'avoue sans
honte, elle en montre sur ses vêtemens les traces af-
freuses; que dis-je? pleine de joie elle s'en fait auprès
de moi un titre. Oui, dit-elle, j'aime à souffrir pour toi
la douleur : car tu seras la douce récompense de tant de
peines. Sois-moi toujours fidèle; que rien n'ébranle ton
amour; et moi, j'oublie des souffrances qui ne changent
rien à mon cœur.

Ainsi tourmenté par mille aiguillons qui renaissaient
toujours, je me sentais brûler et languir sans aucun espoir de salut. J'étais miné sourdement par une plaie que
je n'osais point découvrir : mon altération et ma maigreur avaient bien cependant leur langage.
Toi seul, Boëce, toi, qui dévoiles avec tant d'art les

Solus, Boëti, fers miseratus opem.

Nam quum me curis intentum sæpe videres,

  Nec posses causas noscere tristitiæ :

Tandem prospiciens tali me peste teneri,

  Mitibus alloquiis pandere clausa jubes.

Dic, ait, unde novo correptus carperis igne?

  Dic, precor, et dicti sume doloris opem.

Non intellecti nulla est curatio morbi,

  Et magis inclusis ignibus antra fremunt.

Dum pudor est tam fœda loqui, vitiumque fateri,

  Agnovit taciti conscia signa mali.

Mox ait : Occultæ satis est res prodita causæ;

  Pone metum, veniam vis tibi tanta dabit.

Prostratus pedibus verecunda silentia rupi,

  Cum lacrymis referens ordine cuncta suo.

Fac, ait, ut placitæ potiaris munere formæ.

  Respondi : Pietas talia velle fugit.

Solvitur in risum, exclamans : Proh mira voluptas !

  Castus amor Veneris, dicito, quando fuit?

Parcere dilectæ, juvenis, desiste puellæ;

  Impius huic fueris, si pius esse voles.

Unguibus et morsu teneri pascuntur amores :

  Vulnera non refugit, res magis apta plagæ.

Interea donis permulcet corda parentum,

  Et pretio faciles in mea vota trahit.

Auri cæcus amor nativum vincit amorem :

plus grands secrets, tu offris le remède à mon infortune.
Souvent tu me voyais dévoré par les soucis, sans pouvoir connaître la cause de ma tristesse; et lorsque enfin
tu reconnus le mal qui me rongeait, tu m'engageais,
par des paroles insinuantes, à t'ouvrir mon cœur. « Dis-
moi, répétait-il, quel feu nouveau t'a saisi et te mine?
Dis-le, je t'en conjure, et ta franchise te vaudra le remède à tes maux. On ne saurait guérir aucune maladie sans la connaître, et l'Etna mugit avec plus de violence, quand ses feux ont été comprimés. » Le respect
m'empêchait encore de révéler ma faute et d'avouer tant
de honte : mais il devina ma peine secrète à des sym-
ptômes trop vrais. « Maintenant, dit-il, la cause de tes
chagrins cachés s'est bien assez trahie. Espère : car bientôt, malgré leur violence, tu éprouveras quelque relâche
à tes maux. » Prosterné à ses pieds, je rompis un modeste silence, et je lui racontai en pleurant toute mon
aventure. « Eh bien, reprit-il, cherche à posséder les
attraits qui charment ton cœur. — L'amour me défend
une telle pensée, » lui répondis-je; mais soudain il éclate
de rire et s'écrie : « Oh le délicieux plaisir! dis-moi, fut-il
jamais pour une femme un attachement chaste? Cesse
donc, enfant, d'épargner la beauté que tu chéris. Ce
serait l'aimer bien peu que de la respecter trop : car le
tendre amour se repaît de violences et de voluptueuses
morsures ; il ne fuit point les coups; il aime à en mon-
trer les marques. »

En même temps quelques dons apprivoisent le cœur
des parens, et les rendent faciles à mes vœux. L'amour
aveugle qu'inspire l'or triomphe de l'amour qu'inspire
la nature. Tous deux commencent à chérir les défauts

Cœperunt natæ crimen amare suæ.
Dant vitiis furtisque locum ; dant jungere dextras ,
     Et totum ludo concelebrare diem.
Permissum fit vile nefas , fit languidus ardor :
     Vicerunt morbum languida corda suum.
Illa nihil quæsita videns procedere , causam
     Odit , et illæso corpore tristis abit.
Projeci vanas sanato pectore curas ,
     Et subito didici quam miser ante fui.
Salve ; sancta , inquam , semperque intacta maneto
     Virginitas , per me plena pudoris eris.
Quæ postquam perlata viro sunt omnia tanto ,
     Meque videt fluctus exsuperasse meos :
Macte , inquit , juvenis , proprii dominator amoris ;
     Et de contemptu sume tropæa tuo.
Arma tibi Veneris , cedantque Cupidinis arcus ,
     Cedat et armipotens ipsa Minerva tibi.
Sic mihi peccandi studium permissa potestas
     Abstulit , atque ipsum talia velle fugit.
Ingrati , tristes pariter discessimus ambo :
     Dissidii ratio vita pudica fuit.

de leur fille; ils permettent auprès d'elle la corruption et de doux larcins; ils laissent nos mains se réunir, et des jours entiers se passer à mille jeux. Le mal, quand on le permet, n'a plus de charmes. Mon ardeur languit; mon cœur triomphe de la maladie qui le mine, et ma belle, que je ne cherche plus, voyant ses avances dédaignées, hait en moi la cause de ses chagrins, et se retire avec tristesse, mais toujours respectée. Alors je chassai de mon cœur de vains soucis, et j'appris aussitôt quelle fut auparavant mon infortune. « Salut, chasteté sainte, m'écriai-je; sois toujours intacte, ou que jamais du moins je ne te fasse rougir. »

Lorsque Boëce eut appris cette nouvelle, et me vit échappé à mon naufrage : « Courage, me dit-il; jeune encore, tu as vaincu ton amour : élève de tes mépris un trophée à ta gloire. Que les charmes de la beauté, que les flèches de l'Amour s'émoussent devant toi, et que Minerve elle-même, malgré ses armes, le cède à ta puissance ! »

Ainsi, la facilité du mal m'en ôta toute envie, et anéantit en moi jusqu'au moindre désir. Nous nous quittâmes, Aquilina et moi, par ennui et sans regret; et trop de chasteté amena notre rupture.

ELEGIA IV.

RESTAT adhuc alios turpesque revolvere casus,
  Atque aliquo molli ludere corda joco.
Conveniunt etenim deliræ ignava senectæ,
  Aptaque sunt operi carmina vana meo.
Sic vicibus variis alternos fallimus annos,
  Et mutata magis tempora grata mihi.
VIRGO fuit, species dederat cui candida nomen,
  Candida, diversis sat bene compta comis.
Huic ego per totum vidi pendentia corpus
  Cymbala multiplices edere pulsa sonos.
Nunc niveis digitis, nunc pulsans pectine chordas,
  Arguto quivit murmure dulce loqui.
Hanc ego saltantem subito correptus amavi,
  Et cœpi tacitus vulnera grata pati.
Sic me diversis tractum de partibus, una
  Carpebat variis pulchra puella modis.
Singula visa semel semper memorare libebat,
  Hærebantque animo nocte dieque meo.
Sæpe velut visæ lætabar imagine formæ,
  Et procul absentis voce manuque frui.
Sæpe velut præsens fuerit, mecum ipse loquebar;

ÉLÉGIE IV.

Il me reste encore à parcourir d'autres sujets de honte, et à tromper mes ennuis par quelques doux badinages. Les vers conviennent à la vieillesse radoteuse et débile, et leur vain amusement soulage mes vieux jours. Ainsi, chaque âge qui se succède a ses plaisirs qui trompent les années ; ainsi, le changement même en a pour nous plus de charmes.

Il fut une jeune fille que son teint de lis avait fait nommer Blanche, et dont les cheveux noirs étaient bouclés avec assez d'art. Je la vis un jour portant sur ses habits une foule de petites sonnettes d'où jaillissaient à chaque mouvement des sons multipliés. Tantôt elle frappait d'un doigt de neige, et tantôt de son archet, une guitare ingrate, d'où sortait sous sa main une voix harmonieuse. Sa danse m'inspira surtout un amour vif et soudain. Je commençai à nourrir en moi-même une douce blessure. Au milieu des inquiétudes qui me dévoraient en mille manières, une jeune fille m'attachait, par une foule de liens, à sa beauté. J'aimais à me rappeler ce que je n'avais vu qu'une fois, souvenir qui charmait mon âme et la nuit et le jour. Souvent, dans une douce ivresse, je croyais voir devant moi ces formes si belles, entendre cette voix, toucher cette main charmante. Souvent je me parlais à moi-même, comme si elle eût pu m'entendre ; je répétais les airs

7.

    Cantabam dulces, quos solet illa, modos.
O quoties demens, quoties sine mente putabar!
    Nec, puto, fallebam; non bene sanus eram.
Atque aliquis, cui cæca foret bene nota voluptas,
    Cantat, cantantem Maximianus amat.

CERTE difficile est abscondere pectoris æstus,
    Panditur et clauso sæpius ore furor.
Nam subito inficiens vultum pallorque ruborque,
    Interdum certæ vocis habebat opus.
Nec minus ipsa meas prodebant somnia curas,
    Somnia secreti non bene fida mei.
Nam quum sopitos premerent oblivia sensus,
    Confessa est facinus conscia lingua suum.
Candida, clamabam, propera! cur, Candida, cessas?
    Nox abit, et furtis lux inimica venit.
Proximus at genitor me tum comitatus amatæ
    Virginis herbosa forte jacebat humo.
Illius ad nomen turbatos excitat artus;
    Exsilit, et natam credit adesse suam.
Omnia collustrans, toto me pectore somnum
    Prospicit efflantem, nec meminisse mei.
Vana putas? an vera sopor ludibria jactat?
    Et te verus, ait, pectoris ardor habet?
Credo equidem assuetas animo remeare figuras,
    Et fallax studium ludit imago tuum.
Stat tamen attonitus, perplexaque murmura captat,
    Et tacitis precibus dicere plura rogat.

gracieux qui lui étaient familiers. Que de fois, hélas!
que de fois on me crut perdu d'esprit et de raison!
l'on ne se trompait guère, j'en conviens; je n'étais
pas trop sensé : et si quelque auteur avait retracé les
plaisirs d'une passion aveugle qu'il n'aurait que trop
bien connue, c'était ses écrits que Maximien aimait
lire.

Il est assurément difficile de cacher les mouvemens
de son cœur. On se tait; mais que de fois la passion
parle! Une pâleur, une rougeur subite, en décomposant
mes traits, était quelquefois un langage bien certain.
Le sommeil lui-même trahissait mes soucis et laissait
échapper mes secrets. En effet, tandis que l'oubli pesait
sur mes sens assoupis, ma langue avoua hautement une
blessure cachée. « Viens! m'écriai-je. Blanche, Blanche,
pourquoi tardes-tu? La nuit s'en va et fait place au
jour, l'ennemi des doux larcins. » Or, le père de celle
que j'aimais se trouvait, par hasard, auprès de moi,
couché à terre sur l'herbe touffue. Au nom de Blanche,
il s'éveille troublé, se lève, et croit trouver sa fille. Il
cherche; mais il me voit seul, enseveli dans le sommeil,
ronflant de tous mes poumons et ravi à moi-même. « Quoi!
dit-il, est-ce un songe? me révèle-t-il en dormant son
offense? Ai-je été joué par lui, et sont-ce bien les vrais
sentimens de son cœur? Mais non....... Sans doute il se
rappelle ce qu'il vit dans l'état de veille, et lui-même
en ce moment se trouve le jouet d'une image trom-
peuse. » Néanmoins, il s'arrête en suspens, il attend
le moindre murmure, il fait tout bas des vœux pour
que je me trahisse encore.

Sic ego, qui cunctis sanctæ gravitatis habebar,
  Proditus indicio sum miser ipse meo.
Et nunc infelix tota est sine crimine vita,
  Et peccare senem non potuisse pudet.
Deserimur vitiis: fugit indignata voluptas;
  Nec, quod non possum, non voluisse meum est.
Hoc etiam meminisse licet, quod serior ætas
  Intulit, et gemitus quos mihi lena dedit.
Sed quis ad has possit naturæ attingere partes,
  Gnarus ut et sapiens noxia sæpe velit?
Interdum rapimur vitiis, trahimurque volentes;
  Et, quæ non capiunt, pectora bruta volunt.

Infortuné ! l'on me citait partout comme un modèle, et je me dénonce par mon aveu ! Aujourd'hui ma vie s'est écoulée sans reproche ; mais je gémis , et j'ai honte de n'avoir pu faire le mal dans ma vieillesse. Le vice m'abandonne ; le plaisir me fuit indigné ; la force me manque et la volonté me reste. Je pourrais dire encore les travers d'un âge plus avancé , et les soupirs que m'arracha une courtisane. Mais qui saurait expliquer, dans la nature humaine, comment la science et la sagesse n'excluent pas de mauvais désirs? Souvent le vice nous entraîne et nous emporte sans efforts , et le cœur, par une étrange folie , veut encore poursuivre ce qu'il ne peut saisir.

ELEGIA V.

Missus ad Eoas legati munere partes,
 Tranquillum cunctis nectere pacis opus;
Dum studeo gemini componere fœdera regni,
 Inveni cordis bella nefanda mei.
Hic me suscipiens Etruscæ gentis alumnum
 Involvit patriis Graia puella dolis.
Nam quum se nostro captam simularet amore,
 Me potius vero fecit amore capi.
Pervigil ad nostras adstabat nocte fenestras,
 Nescio quid Græco murmure dulce canens.
Nunc aderant lacrymæ, gemitus, suspiria, pallorque,
 Et quidquid nullum fingere posse putes.
Sed velut afflictam nimium miseratus amantem,
 Efficior potius tunc miserandus ego.
Hæc erat egregiæ formæ, vultusque modesti,
 Grata, micans oculis, nec minus arte placens;
Docta loqui digitis, et carmina fingere docta,
 Et responsuram sollicitare lyram.
Illam Sireniis stupefactus cantibus æquans,
 Efficior demens alter Ulysses ego;

ÉLÉGIE V.

———

Envoyé comme ambassadeur en Orient pour resserrer
les liens d'une paix généralement désirée, je travaillais
à une alliance entre les deux empires, lorsque je sentis
une guerre cruelle s'élever dans mon cœur. Une beauté
de la Grèce accueillit auprès d'elle le nourrisson de l'Italie, et employa tout l'art des Grecs à me séduire. Elle
feignit d'être éprise pour moi des plus tendres feux,
et elle me rendit ainsi l'esclave d'un véritable amour.
Elle venait pendant la nuit s'asseoir sous ma fenêtre,
et murmurait harmonieusement je ne sais quels chants
de la Grèce. Tantôt c'était des larmes, des gémissemens,
des soupirs, une pâleur étudiée, et des artifices qu'on
aurait soupçonnés à peine. Son affliction et son amour
m'inspirèrent une pitié, hélas! bien inutile, et que
bientôt je méritais mieux qu'elle.

D'une beauté remarquable, d'un air gracieux et modeste, d'un œil plein de feu, mais devant aux arts
d'autres charmes, elle savait composer des vers et prêter
à ses doigts une voix mélodieuse, lorsqu'elle demandait
à sa lyre de riches accords. Dans mon étonnement, je
la comparais aux Sirènes; ma folie faisait de moi un
nouvel Ulysse; et, incapable de résister à tant d'artifices, j'étais emporté, sans le savoir, au milieu des

Et quia non poteram tantas evadere moles,
  Nescius in scopulos et vada cæca feror.
Quid referam gressus certa se lege moventes?
  Suspensosque novis plausibus ire pedes?
Grande erat inflexos gradibus numerare capillos;
  Grande erat in niveo pulchra colore coma.
Urebant oculos duræ stantesque papillæ,
  Et quas adstringens clauderet una manus.
Ah! quantum mentem stomachi fultura movebat,
  Atque sub exhausto pectore pingue femur!
Urebar teneros adstringere fortiter artus;
  Visa per amplexus ossa sonare meos.
Grandia, clamabat, nimium me brachia lædunt,
  Non tolerant pondus subdita membra tuum.
Dirigui, quantusque fuit calor ossa reliquit;
  Et nata est venæ causa pudenda meæ.
Non sic lac tenerum permista coagula reddunt,
  Nec liquidi mellis spuma liquoris erit.
Succubui, fateor, Graiæ tum nescius artis:
  Succubui Tusca simplicitate senex.
Quæ defensa suo, superata est, Hectore, Troja:
  Unum non poterat fraus superare senem?
Muneris injuncti curam studiumque reliqui,
  Deditus imperiis, sæve Cupido, tuis.
Nec memorare pudet tali me vulnere victum;
  Subditus his flammis Juppiter ipse fuit.

rescifs et des écueils. Que dirai-je de ses pas, toujours fidèles à la cadence, lorsque son pied, un instant suspendu, retombait avec une harmonie nouvelle? On n'aurait pu compter les boucles gracieuses qui s'échappaient de sa tête, et leur ébène faisait encore ressortir un cou d'ivoire. Le regard s'enflammait devant ces globes arrondis et fermes, qu'une seule main aurait contenus tout entiers. L'imagination se reposait avec délices sur un ventre bien nourri, ou sur la cuisse aux gracieux contours qui soutenait tant de beauté ! Quelle ivresse de serrer avec force ces membres délicats, que je croyais entendre résonner sous mes embrassemens ! «Prends garde, disait-elle ; tes bras me blessent dans une trop rude étreinte ; mes membres ne peuvent supporter le poids de ton corps. » Un froid soudain remplaça dans mes veines toute leur chaleur naturelle, et mes sens renaquirent à une émotion honteuse. Le lait se prend ainsi en une masse sans consistance ; ainsi, dans une liqueur limpide, surnage souvent une molle écume. J'ai succombé, je l'avoue, aux artifices de la Grèce, artifices que la franchise de mon pays m'empêchait de connaître, en dépit de ma vieillesse. Troie fut vaincue malgré la résistance de son Hector : comment la ruse n'eût-elle pas triomphé d'un vieillard ? Dans ma négligente insouciance, j'oubliai l'office qui m'était confié, pour me soumettre aux lois d'un cruel amour. Pourquoi rougir d'avouer ma blessure et ma défaite ? Jupiter fut brûlé lui-même par de semblables feux.

Sic mihi prima quidem nox adfuit, et sua solvit
　　Munera, grandævo vix subeunda viro.
Proxima destituit vires, vacuusque recessit
　　Ardor, et in Venerem segnis, ut ante, fui.
Illa, velut proprium repetens infesta tributum,
　　Instat, et increpitans: Debita reddis? ait.
Sed nihil hic clamor, nil sermo mitis agebat:
　　Quod natura negat, reddere nemo potest.
Erubui stupuique: omnes verecundia motus
　　Abstulit, et blandum terror ademit opus.
Contrectare manu cœpit frigentia membra,
　　Meque etiam digitis sollicitare suis.
Nil mihi torpenti, nil tactus profuit illis:
　　Restitit in medio frigus, ut ante, foco.
Quæ te crudelis rapuit mihi femina, dixit;
　　Cujus ab amplexu fessus ad arma redis?
Jurabam curis animum mordacibus uri,
　　Nec posse ad luxum tristia corda trahi.
Illa dolum credens: Non falles, inquit, amantem,
　　Plurima cæcus amor lumina semper habet.
Quin potius placito noli unquam parcere ludo;
　　Projice tristitias, et renovare jocis.
Obtundunt siquidem curarum pondera sensus:
　　Intermissa minus sarcina pondus habet.
Tunc egomet toto nudatus corpore lecto,
　　Effusis lacrymis talia verba dedi:

Ainsi s'écoula pour moi la première nuit, et je payai un tribut qu'on devait à peine espérer de mon grand âge. Je manquai de force à la seconde ; toute mon ardeur s'évanouit, et je devins mort, comme je l'étais naguère, aux plaisirs de Vénus. Elle, au contraire, exige encore ce qu'elle regarde comme un droit acquis ; elle me presse, me gourmande et réclame sa dette : mais ni ses cris, ni ses tendres paroles ne peuvent rien sur moi ; car qui pourrait s'acquitter, quand la nature s'y refuse ? Je devins rouge et déconcerté ; la honte me rendit immobile, et la frayeur me fit incapable d'amoureux travaux. Cependant elle caressait de sa main brûlante mes membres glacés, et son doigt m'invitait au plaisir ; mais un attouchement délicat ne pouvait rien sur eux ni sur moi : je restai froid, comme auparavant, au milieu de l'incendie. « Quelle femme cruelle t'enlève à mon amour ? s'écrie ma belle ; tu sors fatigué de ses bras, et tu viens m'outrager ! » Alors je lui jurai que mon âme était en proie à de mordantes inquiétudes, que rien ne pouvait ramener le plaisir dans mon triste cœur. Elle crut à une ruse : « Tu ne saurais tromper, dit-elle, ton amante. L'Amour est aveugle, mais souvent il n'y voit que trop clair. Allons, livre-toi toujours et sans réserve à nos charmans ébats ; chasse la tristesse, rajeunis au plaisir. Quelquefois l'inquiétude accable les sens sous son poids ; mais le fardeau qu'on oublie un instant perd aussitôt de sa masse. »

A ces mots, je m'étends nu sur sa couche, en répandant des larmes abondantes. « Malheureux que je suis !

Cogimur, heu ! segnes crimen vitiumque fateri ,
    Ne meus extinctus forte putetur amor.
Me miserum , cujus non est culpanda voluntas !
    Judicor infelix debilitatis ope.
En longo confecta situ tibi tradimus arma ,
    Arma ministeriis quippe dicata tuis.
Fac quodcumque potes, nos cedimus : hoc tamen ipse
    Grandior est hostis, quo minus ardet amor.

Protinus Argivas admovit turpiter artes ,
    Meque cupit flammis vivificare suis.
Ast ubi dilecti persensit funera membri ,
    Nec velut expositum surgere vidit onus ,
Erigitur, viduoque toro laniata recumbens ,
    Vocibus his luctus et sua damna fovet :
Mentula, festorum cultrix operosa dierum ,
    Quondam divitiæ, deliciæque meæ ,
Quo te dejectam lacrymarum gurgite plangam ?
    Quæ de tot meritis carmina digna feram ?
Tu mihi flagranti succurrere sæpe solebas ,
    Atque æstus animi ludificare mei.
Tu mihi per totam custos gratissima noctem ,
    Consors lætitiæ tristitiæque meæ ;
Conscia secreti semper fidissima nostri ,
    Adstans in nostris pervigil obsequiis :
Quo tibi fervor abit, per quem feritura placebas ?
    Quo tibi cristatum vulniferumque caput ?

m'écriai-je ; il faut que j'avoue mon crime et ma faiblesse, pour que, du moins, l'on ne croie pas mon
amour évanoui. Non, non, ce n'est point à mes sentimens qu'il faut s'en prendre ; c'est l'excès de ma faiblesse, qui cause en ce moment mon infortune. Je me
livre à toi ; voilà mes armes, que la rouille a depuis
long-temps rongées ; mes armes, consacrées jadis à tes
doux mystères. Appelle toute ta puissance, je m'abandonne à elle. Mais, hélas ! plus l'amour même est impuissant, et plus le triomphe est difficile.

Aussitôt, pour me réchauffer de ses flammes, elle
emploie sans retenue tous les arts de la Grèce. Dès
qu'elle s'aperçut qu'il était mort à jamais, et qu'il restait
sans force, comme un fardeau désormais inutile, elle se
lève, puis retombe, les cheveux épars, sur sa couche
de deuil, et déplore en ces mots sa perte et sa douleur :
« Toi qui célébrais avec tant de piété nos jours de fête ;
toi ma richesse et mes plaisirs, où trouverai-je un tor-
rent de larmes pour gémir sur ton sort ? Quels vers
célèbreront dignement tes antiques services ? C'est toi
qui pris souvent pitié de mes feux, qui trompas les
mouvemens tumultueux de mon âme ; c'est toi, le
charme de ma couche pendant des nuits entières, le
compagnon fidèle de mes joies et de mes douleurs, le
discret témoin de mystérieux plaisirs, c'est toi qui veil-
lais toujours, alerte à mes moindres caprices. Qu'est
devenue cette énergie, qui me frappait et me charmait
naguère ? Où est cette tête toujours dressée pour mor-
dre ? Te voilà sans force. La pourpre que j'aimais a dis-
paru. Te voilà pâle, le front penché, à demi mort. Rien
ne t'émeut, ni caresses, ni charmes, ni tout ce qui excite
une imagination paresseuse. Je te pleure, comme si la

Nempe jaces nullo , ut quondam , suffusa rubore ;
    Pallida demisso vertice nempe jaces.

Nil tibi blanditiæ , nil dulcia carmina prosunt ;
    Non quidquid mentem sollicitare solet.

Sic velut expositam merito te funere plango :
    Occidit , assiduo quod caret officio.

Hæc ego cum lacrymis deducta voce canentem
    Irridens , dictis talibus increpui :

Dum defles nostri languorem , femina , membri ,
    Ostendis morbo te graviore premi.

Vade , inquam , felix , semper felicibus apta ,
    Et tibi cognatis utere deliciis.

Illa furens : Credo , nescis quod , perfide , dixi :
    Non fleo privatum , sed generale chaos.

Hæc genus humanum , pecudum , volucrumque ferarum-
        que
    Et quidquid toto spirat in orbe , creat.

Hac sine diversi nulla est concordia sexus ;
    Hac sine conjugii gratia summa perit.

Hæc geminas tanto constringit fœdere mentes ,
    Unius ut faciat corporis esse duos.

Pulchra licet , pretium , si desit , femina perdit ;
    Hæc si defuerit , vir quoque turpis erit.

Hæc si gemma micans rutilum non conferat aurum ,
    Æternum fallax mortiferumque genus.

Tecum pura fides , secretaque certa locantur ,
    O vere pretium , fructiferumque bonum.

mort t'avait déjà plongé au cercueil : car ce n'est plus
vivre, que d'être inhabile à ses fonctions accoutumées. »

Tandis que, tout en larmes, elle chantait ainsi son
malheur d'une voix traînante, je m'abandonnai contre
elle à une ironie amère. « Femme, lui dis-je, pourquoi
déplorer la langueur qui engourdit mes sens ? c'est
avouer qu'un mal plus affreux t'opprime. Va, sois heureuse ; choisis toujours un amant robuste, et goûte les
délices que tu connais si bien. » Mais elle : « Ingrat ! me
dit-elle en fureur, va, tu te méprends à mes plaintes.
Je ne pleure pas des maux particuliers, mais le chaos
où retombe le monde. N'est-ce pas là ce qui crée l'homme
et les troupeaux, et l'oiseau dans les airs, et le lion dans
les forêts, et tout ce qui respire dans l'univers entier? Sans
l'amour, plus de concorde entre la femme et l'homme, .
plus de bonheur dans une union chérie. Lui seul réunit
deux âmes par des liens si étroits, que deux vies se con-
fondent en un seul corps. Otez-le, et la femme la plus
belle a perdu tout son mérite, et l'homme aussi n'obtient plus que dédain. Si cette perle brillante est moins
belle, moins précieuse que l'or, tout n'est plus qu'erreur et néant dans la vie. Il est l'appui de la constance, le gage inviolable des secrets. Quel bien plus
réellement grand et plus utile? Tout lui cède, même ce
qu'il y a de plus relevé. Les sceptres les plus puissans flé-
chissent sous ses lois ; et loin d'en gémir, ils lui rendent
avec plaisir cet hommage, ils avouent avec bonheur

8

Cedunt cuncta tibi, quodque est sublimius, ultro
     Cedunt imperiis maxima sceptra tuis,
Nec subjecta gemunt, sed se tibi subdere gaudent:
     Vulnera sunt irae prosperiora tuae.
Ipsa etiam totum moderans sapientia mundum,
     Porrigit invitas ad tua jura manus.
Sternitur icta tuo votivo vulnere virgo,
     Et percussa novo laeta cruore jacet.
Flet tacitum, ridetque suum laniata dolorem,
     Et percussori plaudit amica suo.
Non tibi semper iners, non mollis convenit actus,
     Mixtaque sunt ludis fortia facta tuis.
Nam nunc ingenio, magnis nunc viribus usa,
     Nunc his, quae Veneri sunt inimica, malis.
Nam tibi pervigiles impendunt saepe labores,
     Imbres, insidiae, jurgia, damna, nives.
Tu mihi saepe feri commendas corda tyranni;
     Sanguineus per te Mars quoque mitis erit.
Tu post extinctos debellatosque Gigantes,
     Excutis irato tela trisulca Jovi.
Tu cogis rabidas affectum ducere tigres;
     Per te blandus amans redditur ipse leo.
Mira tibi virtus, mira est patientia: victos
     Diligis, et vinci, vincere saepe soles.
Quum superata jaces, vires animosque resumis,
     Atque iterum vinci, vincere rursus amas.

leur défaite dans une lutte charmante. La sagesse même qui gouverne le monde, offre les bras, malgré elle, aux chaînes du plaisir. La vierge fléchit aussi sous le coup qu'attendait sa pudeur ; elle aime à sentir couler sa blessure ; elle essuie une larme furtive, sourit aux douleurs qui la déchirent, et félicite avec amour l'heureux amant qui l'immole. Mais souvent, aux jeux de Vénus, il faut chasser la mollesse et l'indolence, et déployer une grande énergie. Que de force, que de prudence ne doit-on pas déployer contre les maux que l'amour redoute! Ce sont mille fatigues qui menacent de toutes parts : la pluie, les frimas, les pièges, les brouilles et les querelles. Mais l'Amour veille et triomphe; c'est lui qui soumet à la beauté le cœur d'un tyran farouche, et qui adoucit les fureurs sanguinaires de Mars. Quand Jupiter eut défait et anéanti les Géans, c'est lui qui fit tomber la foudre vengeresse des mains du maître des dieux. Lui seul fait plier sous ses lois le tigre agile, et inspire au lion même un sentiment de tendresse. Quelle force invincible! quelle inaltérable patience! Il chérit celui qu'il a vaincu : le combat seul lui plaît, qu'il cède ou qu'il triomphe; quand il est renversé, il reprend sa vigueur et ses forces, et cherche une autre défaite au sein même de la victoire. Sa colère est courte, sa tendresse est durable, ses plaisirs souvent renouvelés, et la force lui manque, qu'il conserve toujours le même cœur. »

Ira brevis, longa est pietas, recidiva voluptas;

    Et quum posse perit, mens tamen una manet.

Conticuit tandem, et longo satiata dolore

    Me velut expletis deserit exsequiis.

Elle se tut, quand elle eut ainsi calmé sa douleur à force de plaintes, et elle m'abandonna comme un mort après son oraison funèbre.

ELEGIA VI.

CLAUDE, precor, miseras, ætas verbosa, querelas :
  Numquid et hoc vitium vis reserare tuum?
Sit satis indignum leviter tetigisse pudorem :
  Contrectata diu crimina crimen habent.
Omnibus est eadem lethi via : non tamen unus
  Est vitæ cunctis exitiique modus.
Hac pueri atque senes pariter juvenesque feruntur;
  Hac par divitibus pauper egenus erit.
Ergo quod adstrictum, quodque est vitabile nulli,
  Festino gressu vincere præstat iter.
Infelix ceu jam defleto funere surgo :
  Hac me defunctum vivere parte puto.

ÉLÉGIE VI.

Age malheureux, termine enfin, je t'en conjure, de trop longues plaintes. Veux-tu encore dévoiler un vicieux penchant ? Qu'il te suffise d'avoir effleuré légèrement ce qui fait, hélas ! ta honte ; car remanier sans cesse les mêmes griefs, devient un grief à son tour. Le même chemin nous conduit tous à la mort ; mais il s'en faut que tous parcourent la vie et en sortent de la même manière. Un même destin entraîne à la fois et la jeunesse, et l'enfance, et le vieillard ; le pauvre qui manque de tout n'aura plus rien à envier au riche. Franchissons donc d'un pas rapide cette route inévitable à laquelle nous sommes attachés. Malheureux ! c'est, pour ainsi dire, du fond du tombeau que j'élève la voix, et mon malheur est l'unique lien qui paraît m'unir à la vie.

NOTES

SUR LES ÉLÉGIES DE MAXIMIEN L'ÉTRUSQUE.

Æmula (v. 1). C'est l'expression de Virgile, *Énéide*, liv. v, v. 415 :

> Dum melior vires sanguis dabat, æmula necdum
> Temporibus geminis canebat sparsa senectus.

Tarda sedes (v. 2). Des manuscrits donnent *tarda venis*, ce qui fait contre-sens avec le reste de la pièce.

Mœstissima (v. 7). Des manuscrits, et après eux l'édition Lemaire, donnent *gratissima* ; « le jour pèse dans l'infortune, et n'est un charme que dans la prospérité. » Rien n'empêcherait assurément d'admettre ce sens ; mais celui que l'on obtient avec *mœstissima* me paraît préférable : c'est indiquer que dans la vieillesse on ne peut jouir d'aucun bonheur pur, et cette idée, quelque erronée qu'elle soit, est cependant celle qui inspire constamment le poète.

Coronam (v. 13). Même au temps de Juvénal, et probablement à l'époque de Maximien, c'était la coutume d'offrir à l'avocat qui avait gagné sa cause, des couronnes dont il parait extérieurement sa demeure. On en trouve la preuve dans ces vers du satirique (sat. vii, v. 117), quand il dit, en s'adressant à un avocat :

> . . . . . . .Rumpe miser tensum jecur, ut tibi lasso
> Figantur virides, scalarum gloria, palmæ.

Quæ (v. 15). Expression vague à laquelle il est difficile de trouver un antécédent. On a proposé d'entendre *mens sensusque*.

Muta placet (v. 18). On a lu *Quæ mihi si desit, cetera multa placent*, ce qui s'accorde moins bien avec la suite des idées ; ou bien *Quæ, vel si desint cetera multa, placet*, ce qui vaudrait mieux. Peut-être même le poète a-t-il écrit ainsi ; mais Barth, Withof, Burmann, etc., ont donné la leçon *multa placet*, que nous adoptons, parce que la pensée en devient plus fine et plus élégante. Ovide a dit aussi (*Pontiques*, liv. II, épit. 7, v. 52) :

> Omnis pro nobis gratia muta fuit.

Si libuit celeres (v. 21). Un ou deux manuscrits et presque toutes les éditions vulgaires changent entre eux cet hexamètre et le suivant. Le pentamètre s'accorde moins bien de cette manière avec le vers qui le précède.

Madidam (v. 25). *Madidam* veut dire littéralement : *mouillé, humide*. Le poète donne cette épithète à la lutte, soit à cause de la sueur dont les athlètes étaient bientôt couverts, soit plutôt parce qu'ils se frottaient les membres avec de l'huile, ce qui les rendait glissans, *lubrica*, et moins faciles à saisir.

Tragicos cantus (v. 28). Pour bien entendre ce vers, il faut se rappeler que, chez les anciens, les acteurs qui représentaient une tragédie, se couvraient la figure d'un masque de bois, dont la bouche était disposée avec un certain art, de manière à augmenter le volume et l'intensité des sons. C'est ce que le poète Prudence indique formellement, *contre Symm.*, II, v. 646 :

> Ut tragicus cantor ligno tegit ora cavato,
> Grande aliquod cujus per hiatum crimen anhelet...

Maximien veut donc dire qu'il avait d'assez bons poumons pour lutter avec avantage contre un acteur, malgré tous les secours de l'art, et non pas qu'il avait une voix plus agréable, ou qu'il l'emportait par ses vers sur les poètes tragiques de son temps.

On trouve dans plusieurs éditions : tragicos *cantus*, ou *cantu exsuperare* melos.

Tolerantia rerum (v. 33). Les vers qui suivent font assez bien voir qu'il fallait traduire par *tempérament* ; mais les auteurs du bon siècle entendaient l'expression dans le sens de patience, et ne l'appliquaient point au physique.

Solstitium (v. 36). Les anciens reconnaissaient comme nous deux solstices ; mais les meilleurs écrivains réservent au solstice d'été le nom de *solstitium*, et appellent *bruma*, le solstice d'hiver.

Innabam (v. 37). *Innare* avec l'accusatif, dit Lemaire, indique une latinité moyenne. Virgile a cependant écrit (*Énéide*, liv. VIII, v. 651):

> Et fluvium vinclis innaret Clœlia ruptis.

Ce n'est pas d'ailleurs le seul exemple du même poète que l'on pourrait citer.

Tantis (v. 45). Quelques éditeurs donnent *cunctis*, qui serait préférable, si l'on n'avait pas employé *tanti* pour *tot*, comme l'ont généralement fait les écrivains d'une latinité inférieure.

Socratem (v. 48). De ce que Platon nous montre Socrate conversant souvent à table avec ses amis, Maximien paraît ajouter aux qualités du corps et de l'esprit, que personne ne conteste à ce grand philosophe, la faculté de bien boire, qu'il exerçait probablement, comme Caton, avec la plus grande réserve. Le poète serait d'autant plus coupable, que le nom de Socrate (*Sŏcrătēs*) se prêtait fort peu à la mesure. Il est vrai que Paullin et Sidoine Apollinaire, qui ont voulu le faire entrer aussi, bon gré malgré, dans leurs poésies, lui ont donné la même quantité que Maximien.

Catonem (v. 49). Tout le monde connaît les vers d'Horace (*Odes*, liv. III, ode 21, v. 12) :

> Narratur et prisci Catonis
> Sæpe mero caluisse virtus ;

ce que notre lyrique a traduit ainsi :

> La vertu du vieux Caton,
> Chez les Romains tant prônée,
> Était souvent, nous dit-on,
> De Falerne enluminée.

C'est que, à l'exemple de Socrate, Caton aimait à converser à table jusque bien avant dans la nuit. *Voyez* CICÉRON, *sur la Vieillesse*, ch. XIV. Mais Plutarque est loin de lui attribuer le vice dont le bon Horace le loue comme d'une qualité, et Dion Lambinus, dans ses Commentaires sur le poète latin, l'accuse formellement de calomnie.

Ferebar (v. 51). Un seul manuscrit donne : *Intrepidus, quæ-cumque forent adversa, ferebam.* Cette leçon offrirait un sens plus clair. Avec l'autre, qui est généralement adoptée, il faut rapporter le pluriel *quæcumque*, et le singulier *utrumque* à *bonum et malum* sous-entendu , *le malheur et la prospérité.*

Cupiendo (v. 54). C'est au déclin de la littérature latine que les gérondifs en *do* ont été faits brefs. Auparavant, on en citerait à peine un autre exemple que celui de Juvénal, sat. III, v. 232 :

> Plurimus hìc æger moritur vigilando : sed illum
> Languorem peperit cibus imperfectus.......

Un vers d'Ovide (*Héroïdes*, épît. IX, v. 126) et un autre de Tibulle (liv. III, élég. 6, v. 3), où l'on trouve la même quantité, sont généralement regardés par les critiques comme étant altérés.

Provincia tota (v. 59). C'est la leçon des manuscrits et des éditions anciennes. D'autres plus modernes substituaient *meritis Etruria nostris.* Il est dur, en effet, d'admettre que le poète, en parlant d'une partie de l'Italie, se soit servi du mot *provincia,* qui ne s'appliquait qu'aux pays de conquête situés au delà des mers. D'un autre côté, *nostris* est intolérable. On aurait une leçon satisfaisante, en adoptant *Etruria tota,* si on le trouvait jamais dans quelque manuscrit.

Natis (v. 60). Les anciens grammairiens prétendent que lorsqu'il n'y a pas à craindre d'amphibologie, on peut se servir de *natis* au lieu de *natabus.* Il serait à désirer qu'ils en apportassent d'autre autorité qu'un vers contesté d'Ovide, *Métam.*, liv. XIII, v. 660. Rien n'empêche d'ailleurs de traduire : *Toute une province aurait voulu m'associer au nombre de ses enfans,* en me donnant une de ses filles.

Venali (v. 63). *Qui ne demande qu'à se vendre, qu'à se donner.* Les anciens éditeurs, qui ne comprenaient pas cette leçon et sa délicatesse, avaient écrit *vernali.* L'un des manuscrits donnait *juvenili.*

Latere volens (v. 68). Ces vers rappellent ceux d'Horace (*Odes*, liv. I, ode 9, v. 21) et de Virgile (*Églogue* III, v. 65). Mais quelle différence entre la coquetterie d'une jeune fille si bien dépeinte par nos deux poètes, et les souvenirs personnels de l'avantageux Maximien? Tout, dans l'élégie entière, se rap-

porte à lui, et il n'en faut pas davantage pour ôter aux morceaux les mieux pensés et les mieux écrits tout leur mérite. C'est
que l'homme aime le *moi* pour lui-même, et le déteste toujours
dans autrui.

Generalis (v. 72). Le respect pour les manuscrits nous fait conserver *generalis*. Des éditions distinguées donnent *genialis,* que
Wernsdorff rejette avec mépris comme un non-sens. Cependant
on trouverait plus de dix exemples dans le seul Ovide, où cette
expression serait employée pour *lætus, jucundus, voluptarius,*
selon la glose des lexiques. On pourrait même la prendre avec son
sens primitif et le plus ordinaire : « Le fiancé qui fera dresser
en l'honneur du génie le *genialis torus,* » c'est-à-dire *auquel on
s'unira.*

Digna puella (v. 78). Quelle fatuité! Elle répugne.

Carnis ad officium (v. 86). Voilà une expression qui indiquerait seule une époque de décadence, où le christianisme influait
déjà sur la littérature. Celle qui suit, *carnea membra,* n'est guère
plus pure. Au bon siècle, on aurait écrit *carnosa.*

Cypris (v. 92). Le nom de *Cypris* n'a été employé que par un
petit nombre d'écrivains latins, vers le quatrième siècle. On en
compte trois, Maximien, Ausone, et l'auteur du *Pervigilium Veneris,* qui a dit en parlant de la rose, v. 23 :

> Facta cypris de cruore deque amoris osculis.

Conditio (v. 113). Tous les manuscrits et les différentes éditions ont ainsi donné le vers avec la faute de quantité (*condĭtio*).
Plusieurs critiques ont essayé de la faire disparaître; mais ce n'a
été qu'en torturant le vers ou la pensée de plusieurs manières.
Lemaire propose *conductio,* qui ne serait pas à dédaigner. Les
païens eux-mêmes regardaient la vie comme un prêt dont on
avait momentanément l'usage.

Oblivia (v. 123). Juvénal a dit (sat. x, v. 23) :

> . . . . .Sed omni
> Membrorum damno major dementia, quæ nec
> Nomina servorum , nec vultum agnoscit amici.

Aut rabidis (v. 130). De nombreuses éditions ont donné *heu*

pour *aut*, ce qui offrait un sens contraire à celui de l'hexamètre.
Un plus grand nombre encore a donné *rapidis* pour *rabidis*, ce
qui est un non-séns.

Scabrida membra (v. 136). L'épithète *scabrida*, pour *scabra*, est
encore une expression de basse latinité : mais les manuscrits la
donnent, ou *scabida*, qui n'est pas latin. Les éditions imprimées
ont changé ce mot en *tabida*.

Vident (v. 142). On lit encore : *Torvum nescio quid heu furiale
vident*. Malgré l'accord de plusieurs manuscrits, l'erreur est trop
évidente pour qu'il soit besoin de la discuter.

Duplex se littera (v. 145). Ainsi dans l'*Agamemnon*, v. 728,
Sénèque fait dire à Cassandre :

> Sed ecce gemino sole præfulget dies;
> Geminumque duplices Argos attollit domos.

Voir double, est en effet une affection ordinaire dans l'ivresse,
dans tout sentiment, toute passion qui nous transporte hors de
nous-mêmes, et souvent on la rencontre aussi chez les vieillards;
une disposition particulière des yeux la fait éprouver même
dans l'état de santé : il ne faut que presser un peu le doigt sur
l'angle d'un œil auprès du nez, et l'on voit aussitôt deux images.
On peut reconnaître alors la sensation que décrit le poète.

Eripitur sine nocte dies (v. 149). Ommeren lit *sic nocte*. Le sens
est le même, et tous les manuscrits donnent unanimement *sine
nocte*.

Auctor Ut cupiat (v. 151). Nous avons adopté la ponctuation de
Withof, au lieu de celle qui est généralement admise : *pers. auctor,
Ut cupiat voto. t. e. s?* On évite ainsi la construction un peu for-
cée *persuaserit talia*.

Nunc alimenta gravant (v. 158). Ces deux vers sont lus d'une
multitude de manières dans les manuscrits et les éditions; mais
la leçon que notre texte présente est la plus pure et la plus généralement adoptée. On trouve, par exemple : *Et me jam* quem *dudum... nocebant;* ou bien, *En me* quem *dudum,* quem *nulla....* ou
Et me cui dudum jam, ou encore *Et me* jamdudum, quem *nulla
adversa* movebant, *ipsa q. r. nunc* elementa nocent. — Deux ou
trois exemples de *nocere* avec l'accusatif sont contestés.

Non Veneris (v. 163). Withof préférerait *non Cereris*, mais à tort, comme le second vers l'indique. Il s'agit en effet de ce qui charme la vie, et non pas de ce qui sert à l'entretenir : *quidquid vitæ fallere damna solet.*

Fit magis et damnis tristior urna meis (v. 170). Il y a pléonasme dans le double emploi de *magis* et du comparatif; c'est un hellénisme très-usité, dont on trouve en latin plusieurs exemples dans Plaute, dans Justin, dans Valère-Maxime et quelques autres. Mais de tous les écrivains du siècle d'Auguste, Virgile seul s'en est servi une fois dans le *Culex,* v. 78 :

> Quis magis optato queat esse beatior ævo,
> Quam qui. . . . .

Le vers a été lu d'ailleurs de mille manières. Nous distinguerons la conjecture de Withof : *Fit magis et damnis justa querela meis.*

Vultus nitidi (v. 177). Ommeren voudrait *cultus,* que les bons auteurs joignent souvent à *vestitus, ornatus, habitus,* parce qu'il entend par *vultus nitidi,* un visage fardé. Rien n'oblige à entendre et à traduire ainsi.

Tantalus (v. 185). Horace (*Sat.,* liv. 1, sat. 1, v. 68), avant Maximien, avait comparé le supplice de l'avare à celui de Tantale :

> Tantalus a labris sitiens fugientia captat
> Flumina. Quid rides? mutato nomine, de te
> Fabula narratur. Congestis undique saccis
> Indormis inhians, et tanquam parcere sacris
> Cogeris, aut pictis tanquam gaudere tabellis.

L'analogie entre les deux morceaux est assurément facile à saisir.

Non sua poma draco (v. 190). Le poëte fait allusion au dragon qui, suivant la Fable, gardait les pommes d'or dans le jardin des Hespérides ou filles d'Hespérus, en Afrique. Servius explique ce récit, en disant que l'esclave d'Hespérus, à qui le jardin était confié, s'appelait Draco; et Pline entend un bras de la mer qui environnait l'enceinte de ses replis sinueux. Quant à *plurimus,* il faut le prendre dans le sens de *magnus, longe extensus,* comme dans ce vers d'Ovide (*Métam.,* liv. xi, v. 140) :

> Spumiferoque tuum fonti, qua plurimus exit,
> Subde caput. . . . .

Retinere laboro (v. 193). Ommeren voudrait ponctuer *quœ-rere, quœ n. s. retinere, laboro.* Le sens du vers lui-même serait bon; mais il s'accorderait moins avec le sens du pentamètre.

Laudat prœteritos (v. 197). *Voyez* HORACE, *Art poét.*, v. 173.

Horret (v. 202). Vossius et Gronovius proposent *horrent*, et donnent pour sujet, comme développement du mot *quœ, forma, vultus, sermo, etc.* Lemaire paraît avoir adopté cette glose, qui fait ici contre-sens. La phrase, qui d'ailleurs n'est pas très-claire, ne peut se rapporter qu'au discours, et Maximien a voulu dire, sans aucun doute, que le vieillard n'en a jamais dit assez, et que bientôt il abandonne avec dégoût le sujet sur lequel il avait aimé à s'étendre, afin d'en attaquer un autre.

Alloquium conspuit ipse suum (v. 202). Cette expression est heureuse et pleine d'énergie, mais difficile à traduire dans notre langue. Juvénal avait dit avant Maximien, en parlant d'un avocat qui parlait avec véhémence (sat. VII, v. 112) :

> Tunc immensa cavi spirant mendacia folles,
> Conspuiturque sinus. . . . .

Suétone avait ainsi dépeint Claude dans sa vieillesse (ch. XXX) : « Ira turpior erat spumante rictu, spumantibus naribus. » Juvénal l'a encore imité, sat. VI, v. 622 :

> . . . . Tremulumque caput descendere jussit
> In cœlum, et longam manantia labra salivam.

Demisso (v. 213). On a proposé de lire: *labitur ex humeris demissa* et *corpore vestis;* mais aucun manuscrit n'appuie cette conjecture.

Terram.... reditura (v. 218). La construction de *redire* avec l'accusatif paraît d'abord insolite ; cependant elle est fréquemment employée par les poètes, et Virgile a dit, avec des verbes analogues (*Énéide*, liv. VI, v. 638) :

> Devenere locos lætos, et amœna vireta ;

et plus bas (v. 696) :

> . . . . Tua me, genitor, tua tristis imago,
> Sæpius occurrens, hæc limina tendere adegit.

Fitque tripes (v. 219). Le poète fait allusion à l'énigme du Sphinx devinée par OEdipe. Ausone (*Idylles*, xi, v. 38) rapporte ainsi cette fable :

> Illa etiam thalamos per trina ænigmata quærens,
> Qui bipes et quadrupes foret et tripes omnia solus,
> Terruit Aoniam volucris, leo, virgo, triformis
> Sphinx, volucris pennis, pedibus fera, fronte puella.

Flebile (v. 220). Parmi les commentateurs, les uns regardent *flebile* comme un adverbe, les autres comme une exclamation, en s'appuyant de Silius Italicus, liv. iv, v. 570 :

> Palantes agit ad ripas, miserabile! Pœnos.

Quelque parti que l'on adopte, le sens est le même.

Pulsat humum (v. 224). Outre le sens naturel et qui se présente de lui-même, les commentateurs en ont trouvé un autre auquel Maximien n'a probablement pas songé, mais qui leur semble bien plus délicat, parce qu'il est plus subtil. *Verbere pulsare humum*, disent-ils, c'est comme frapper à une porte pour être introduit; c'est demander à la terre qu'elle reçoive au plutôt dans son sein le malheureux qui la frappe; et l'on cite à l'appui un passage de Cicéron (*Tuscul.*, liv. ii, ch. 25) où Cléanthe frappe du pied la terre, comme pour appeler son maître Zénon. Que d'érudition en pure perte !

Crebro vestigia passu (v. 225). On trouve communément *certo;* ce qui convient peu à la marche vacillante du vieillard. Quant à *numerosa*, il faut le prendre dans l'acception ordinaire de *nombreux, multiplié*, et non, avec un commentateur, dans l'acception de *nombreux, cadencé*.

Attriti (v. 238). On lit encore : *contracti, attenti, abstracti, attracti.* Wernsdorff préférerait ce dernier à la leçon ordinaire, et il en donne pour raison ce vers d'Ovide (*Héroïdes*, épit. xi, v. 27):

> Fugerat ore color, macies adduxerat artus;

et cet autre de Manilius (liv. iv, v. 717):

> Asperior solidos Hispania contrahit artus.

Mais trouverait-il beaucoup de lecteurs du même avis ?

Quis sub vitali (v. 240). Wernsdorff ne voit encore aucun sens à ce pentamètre, à moins d'écrire *sub vitali polo*, et il propose *quis non vitali me putet esse* toro? Par *torus vitalis*, dit-il, on entendrait par euphémisme le *lit funèbre :* car cet euphémisme a été employé par Pétrone, ch. XLII et LXXVII ; par Sénèque, épître XCIX, et par Lactance, qui a dit, en parlant du Phénix, v. 90 :

> Vitalique toro membra quieta locat.

Parmi les quatre exemples cités, le premier, tiré de Pétrone, qui a dit *lectus vitalis,* et celui de Lactance, se rapprochent le plus de la conjecture qu'ils sont appelés à défendre, mais ils ne prouvent rien en sa faveur. Il est évident que, dans Lactance, *torus vitalis* ne signifie pas *lit funèbre,* mais *lit sur lequel le phénix va reprendre une vie nouvelle ;* expression vraiment remarquable par son élégance et sa beauté. Dans Pétrone, les critiques ont expliqué *lectus vitalis* par la glose *quo quis vivens usus est;* ce qui est encore bien loin du sens que Wernsdorff propose. Quant au second exemple de Pétrone, et à celui de Sénèque, ils montrent simplement que *vitalia* était quelquefois employé par euphémisme pour *mortualia,* expression par laquelle on désignait *tout ce qui sert aux funérailles.* Faut-il en conclure que les anciens prenaient *vitalis* comme synonyme de *funèbre?* je ne le pense pas.

Voyons maintenant s'il est en effet impossible de trouver un sens à la leçon ordinaire. Serait-ce la difficulté de lier ensemble le pentamètre et l'hexamètre? Mais si le christianisme appelle la terre une *vallée de larmes,* les anciens la considéraient du moins comme un lieu d'épreuves et de fatigues, où l'homme devait toujours agir et ne se reposer jamais. Serait-ce le pentamètre seul qui serait obscur? Avec *polo* pour *loco,* le sens, a-t-on dit, offrirait peu de difficulté, et l'on pouvait dire aucune. Cependant *loco* me paraît avoir encore plus de délicatesse : « *Me croirait-on?* dit le poète, non pas sur la terre, non pas en tel ou tel lieu particulier, mais généralement *dans un lieu où l'on vive,* quand même ce serait *sous* terre. *Sub* est pris d'ailleurs pour *in.* Parmi les exemples nombreux que l'on en pourrait citer au besoin, même dans Virgile, nous signalerons comme se rapportant plus immédiatement à notre sujet, le vers d'Ovide, *Tristes,* liv. 1, élég. 3, v. 19 :

> Nata procul Libycis aberat diversa sub oris,

9

et celui de Properce, liv. III, élégie 7, v. 36 :

> Tuta sub exiguo flumine nostra ratis.

Senectūs (v. 246). Il y a une faute de quantité. On a proposé, pour la faire disparaître, *ruga senilis*, que le sens rejette.

Nutat (v. 260). Un seul manuscrit donne *nutat*, qui est la leçon véritable; les autres donnent *mutat*, erreur adoptée généralement par les éditeurs de Maximien. Pulmann proposait : Est *tam præcl. q. m.* mutat *opus*.

Vitam ducere mortis (v. 265). C'est expliquer avec prétention et obscurité l'idée qu'Ovide a rendue dans ses *Pontiques*, liv. II, lett. 3, v. 42 :

> Instar et hanc vitam mortis habere puta ,

et Eschyle dans son *Prométhée*, v. 749 :

> . . . . Κρεῖσσον γὰρ εἰσάπαξ θανεῖν
> Ἡ τὰς ἀπάσας ἡμέρας πάσχειν κακῶς.

. . « Il vaut mieux mourir une fois, que de souffrir tous les jours. »

Fracta diu (v. 271). Ommeren conjecture *fracta die*, changement heureux, que paraît réclamer le texte. Il faut construire *rabidi diu*.

Caspia tigris (v. 272). Les poètes d'un âge meilleur disaient plutôt *Armenia* ou *Hyrcania tigris*. Cependant on trouve dans Sénèque (*Hercule sur l'OEta*, v. 144):

> Num Titana ferum te Rhodope tulit ,
> Te præruptus Athos, te fera Caspias,
> Quæ virgata tibi præbuit ubera ?

Subito perferre ruinam (v. 277). Sénèque exprime d'une autre manière la même pensée, lorsqu'il dit dans les *Troyennes*, v. 869 :

> Optanda mors est, sine metu mortis mori.

Dominum jam vocitare suum (v. 284). Allusion à la formule employée pour saluer chez les Romains : *mi domine*, d'où nous avons tiré notre appellation *monsieur*. Or, chez nous encore, mais parmi le peuple, il est vrai, on dirait que ce titre est refusé à la vieillesse, et chaque jour nous l'entendons remplacer par le mot de *père*, non comme titre d'honneur, mais plutôt comme une formule moins obséquieuse.

Missa ruunt (v. 292). Claudien (*contre Rufin*, liv. 1, v. 21) a exprimé la même pensée :

> . . . . .Jam non ad culmina rerum
> Injustos crevisse queror : tolluntur in altum ,
> Ut lapsu graviore ruant.

ÉLÉGIE II.

Res fuit una (v. 2). On a expliqué *res* par *fortune*, comme dans cette formule du divorce, *res tuas tibi habeto :* mais des critiques l'ont aussi regardé comme la traduction du mot grec τὸ πρᾶγμα où τὸ ἔργον, employé pour signifier *une liaison amoureuse.*

Indivisi (v. 3). On citerait à peine un autre exemple où le participe *indivisus* soit pris avec la même acception et se rapporte à un nom de personne. Il veut dire ordinairement *une chose indivise*, c'est-à-dire, qui n'a pas été partagée.

Gaudia vitæ (v. 7). Au commencement du vers, presque toutes les éditions ont mis *nec meminisse volet*, qu'Ommeren changeait pour *nec m. solet*, parce que le futur ne s'accordait guère avec les présens qui suivent. De même on lisait *transactæ dulcia vitæ ;* ce qui était peu latin, même pour l'époque où Maximien écrivait. Nous avons rétabli *gaudia*, d'après un manuscrit et une ancienne édition très-estimée.

Expuit (v. 12). A ne considérer que nos mœurs, l'expression du poète n'indiquerait que le mépris inspiré par la vieillesse. Les mœurs romaines prêtent à un autre sens : c'était, en effet, la coutume de cracher trois fois pour détourner un mauvais présage, et Lycoris jugeait ainsi la rencontre de son ancien amant. Tibulle, dans une circonstance à peu près semblable, se sert de la même idée, liv. 1, élég. 2, v. 98 :

> Hunc (senem) puer, hunc juvenis turba circumterit arta ,
> Despuit in molles et sibi quisque sinus.

Prodere (v. 18). *Prodere* veut dire ici *avouer*. Des éditions nombreuses donnent *quod sibi.... turpe putat.* La phrase serait plus latine, mais appartiendrait moins au temps de Maximien. Alors la conjonction *quod* était fréquemment remplacée par *ut*, surtout avec une construction semblable.

Atque ea, dum nivei.... (v. 25). En adoptant la leçon de Wernsdorff, d'après un manuscrit, nous ne prétendons pas adopter l'explication qu'il en donne. Suivant lui, le distique entier doit se rapporter à Lycoris, parce que, s'il se rapportait à Maximien, le dernier trait serait plus faible que le premier. Cette raison peut être bonne, en effet, pour l'hexamètre; mais, dans ce qui précède, je ne trouve rien aussi fort que le *cæruleus inficit ora color.* Si l'explication qu'il propose était la véritable, il faudrait au moins convenir qu'il est bien difficile de trouver une femme encore belle avec des cheveux blancs, et surtout avec une teinte livide, comme dit le poète.

Præstat adhuc (v. 27). C'est la leçon presque unanimement admise. Une autre édition ancienne donne *restat*, qui a bien moins de grâce.

Atque inter cineres (v. 30). Cette expression pleine d'énergie est beaucoup mieux appliquée par Horace, *Od.*, liv. IV, ode 13 :

> Possent ut juvenes visere fervidi,
> Multo non sine risu,
> Dilapsam in cineres facem.

On peut croire que Maximien, quand il écrivait son élégie, a eu l'ode entière constamment présente aux yeux ou au souvenir, tant il y a de ressemblance pour les idées et quelquefois pour les mots.

Luxuriantur (v. 36). Martial est le premier qui se soit servi, mais une seule fois, du mot *luxuria* dans un autre sens que celui de *luxe;* il a dit, liv. III, épigr. 69, en s'adressant à un de ses amis :

> ....Nihil est te sanctius uno :
> At mea luxuria pagina nulla vacat.

Quos remoretur (v. 38). Il y a peu de vers qui offrent, dans les manuscrits et les anciennes éditions, une telle quantité de variantes. Wernsdorff conjecture : « Nullus, ad *amplexus* quod *remoretur, habet.* »

Tot modo damna fleo (v. 40). Quelques manuscrits intercalent ici un distique :

> Omnia nemo potest, non omnes omnia possunt
> Efficere ; hoc vincit femina juncta viro.

S'il fallait l'admettre, il troublerait la suite naturelle des idées : aussi les meilleurs critiques le regardent-ils comme une interpolation ridicule d'un premier copiste.

Quum repetunt (v. 44). Tous les manuscrits sont unanimes dans l'emploi de l'indicatif aux deux vers du distique, à cause de l'indicatif des vers suivans, et presque toutes les éditions, au contraire, mettent les six verbes au subjonctif, comme si c'était une simple possibilité et non un fait positif que Maximien énonce. Wernsdorff a pris un milieu qu'il croit juste : c'est de mettre les deux premiers au subjonctif et de conserver à l'indicatif les quatre autres, en terminant la phrase par un point après *dulce cubile feris*. On voit peu ce qui a pu dicter cette distinction et cette ponctuation ; car il n'est pas très-vrai que le deuxième et le troisième distique soient, comme il le dit, les développemens individuels de l'idée générale exposée dans le premier. Pourquoi dèslors s'éloigner des manuscrits sans motif légitime ?

Alba (v. 53). On a observé que *cana* eût été le mot propre, et qu'il n'admet point *alba* pour son synonyme.

Expertum deflet cecidisse (v. 59). Remarquez *expertus* avec le sens passif, ce que l'usage n'autorise pas.

Au lieu de *cecidisse*, leçon de tous les manuscrits, les éditions donnent généralement *cessisse*, que Burmann change pour *cessasse*, leçon adoptée par Wernsdorff et Lemaire. Il me semble qu'on peut bien supposer à *cecidisse* une signification analogue.

Victor (v. 60). Des éditions préfèrent *miles*, qui vaut moins et que l'on ne rencontre pas dans les manuscrits. Il faut entendre le vainqueur aux jeux Olympiques. Cicéron (ch. v *de la Vieillesse*) nous a conservé d'Ennius une pensée presque semblable :

> Sicut fortis equus, spatio qui sæpe supremo
> Vicit Olympia, nunc senio confectu' quiescit.

On sait que plus d'une fois les anciens dressèrent à leurs coursiers de magnifiques tombeaux; Alexandre bâtit même une ville en l'honneur de Bucéphale.

Gravitas (v. 63). On pourrait traduire par *constance*, comme dans Properce, liv. ii, élég. 20, v. 14 :

> Tu modo ne dubita de gravitate mea;

mais c'est plutôt le même sens avec lequel Cicéron s'en est servi dans le dialogue *de l'Amitié*, ch. xxv : « Quanta illa, dii immortales, fuit gravitas! » et dans plusieurs endroits de ses ouvrages.

Quam vis cæca (v. 70). On a souvent lu *quamvis* d'un seul mot. L'interprétation en est moins claire.

ÉLÉGIE III.

Percussa a cuspide (v. 9). Les manuscrits donnaient *percussa cupidine*, que les meilleurs critiques ont changé pour notre leçon généralement admise. Je n'aime cependant guère la préposition qui précède *cuspide*, ni son hiatus avec le participe.

Notis (v. 14). *Notæ* est pour *tabellæ*, comme dans ces vers d'Ovide (*Art d'aimer*, liv. iii, v. 469) :

> Verba vadum tentent abiegnis scripta tabellis ;
> Accipiat missas apta ministra notas.

D'ailleurs Lemaire fait, je crois, un contre-sens, lorsqu'il entend par ces paroles que la jeune Aquilina ne savait même pas écrire.

Me pēdagogus (v. 17). Il y a dans ce dernier mot faute de quantité et faute d'orthographe. On trouve cependant dans quelques inscriptions contemporaines ou à peu près, *pædagogus* écrit sans diphthongue, ainsi que d'autres mots qui commencent de même : mais la syllabe n'en doit pas moins rester longue. On a essayé de corriger la faute en écrivant *pædagogus adit me....* Ce serait une leçon à adopter malgré l'autorité contraire de tous les manuscrits, si Maximien n'avait blessé que dans ce vers les règles de la prosodie.

Il y a entre *pædagogus* et *præceptor* la même différence que,
chez nous, entre *gouverneur* et *précepteur*. Neanmoins les Latins
ont regardé quelquefois ces deux mots comme synonymes.

Verēcundia (v. 23). Autre faute de quantité. On la retrouvera
au vers 61, et au 55ᵉ de la cinquième élégie.

Atque superciliis (v. 26). Ovide a dit (*Héroïdes*, épît. xvii, v. 82) :

> . . . . Quoties ego tecta notavi
> Signa supercilio pæne loquente dari !

et encore (*Amours*, liv. ii, élég. 5, v. 15) :

> Multa supercilio vidi vibrante loquentes.

Augentur cædibus ignes (v. 31). Nous restituons la leçon que
donnent tous les manuscrits, à l'exception que l'un d'eux écrit
fovemus et un autre *foventur*. Les anciennes éditions, et d'après
elles les modernes, avaient préféré *ignes in pectore* ou *cum verbere
crescunt*. On ne voit pas quel motif a pu dicter une altération
semblable : mais quand même l'une de ces dernières leçons serait
plus élégante, s'ensuivrait-il qu'il fallût l'attribuer au poète contre
l'autorité des manuscrits?

Flamma rogo (v. 32). La manière même dont nous avons traduit, nous force à relever l'interprétation de Wernsdorff et de
Lemaire. *Rogo*, dit-il, doit se traduire par *sarment*, signification que lui a donnée un certain âge chez les auteurs latins, et
la comparaison deviendra ainsi plus juste entre les *sarmens* sous
lesquels on voudrait éteindre un commencement d'incendie, et les
verges (autre espèce de sarment) que la mère d'Aquilina emploie
contre sa fille. Or, 1° où est-il question de verges dans le texte
latin ? 2° De ce que *rogus* a été pris quelquefois dans une acception détournée, s'ensuit-il qu'il faille la lui attribuer sans néces-
sité ? 3° La comparaison en sera-t-elle moins juste, quand on ne
verrait dans le pentamètre que la traduction de notre proverbe
français : *Verser de l'huile sur le feu?* C'est nous arrêter long-
temps sur peu de chose : mais pourquoi disséquer un passage
jusque dans ses moindres détails, afin d'y trouver des rapprochemens auxquels l'auteur n'aura jamais pensé?

Turpes (v. 37). On peut entendre *déchirés* ou peut-être *frois-*

sés ; mais il est peu probable que ce soit *souillés de sang*, comme l'indiquent quelques commentateurs.

Voluntas (v. 41). De bonnes éditions ont préféré *voluptas*.

Passio (v. 42). On a remarqué avec raison que ce mot, dans l'acception de *souffrance*, appartenait à un âge avancé de la littérature latine.

Habebat opus (v. 46). Ovide avait dit avec plus d'élégance (*Art d'aimer*, liv. 1, v. 574) :

> Sæpe tacens vocem verbaque vultus habet.

Boëti (v. 48). *Voyez* la Vie de Gallus, page xiij.

Nulla est curatio morbi (v. 55). Boëce a exprimé la même idée dans l'ouvrage intitulé *Consolation de la philosophie*, liv. 1 : « Si operam medicantis exspectas, oportet vulnus detegas. »

Verecunda (v. 61). Withof a proposé la correction *diuturna*.

Unguibus et morsu (v. 69). Claudien développe la même idée :

> Ne cessa, juvenis, cominus aggredi,
> Impacata licet sæviat unguibus :
> Crescunt difficili gaudia jurgio,
> Accenditque magis, quæ refugit, Venus.

et Properce, liv. III, élég. 8, v. 21 :

> Immorso æquales videant mea vulnera collo;
> Me doceat livor mecum habuisse meam.

Magis apta plagæ (v. 70). Le poëte confond *plăga*, *plage* ou *filet* avec *plāga*, *coup*. Il en résulte une faute de quantité.

Permissum fit vile nefas (v. 77). Ovide a dit aussi (*Amours*, liv. III, élég. 4, v. 9) :

> Cui peccare licet, peccat minus ; ipsa potestas
> Semina nequitiæ languidiora facit.

Virginitas (v. 84). Les auteurs du bon siècle ont employé ce mot dans le sens de *virginité*, en parlant d'une jeune fille, et c'est ce que demandait l'étymologie ; mais les écrivains ecclésiastiques l'ont fait prendre dès le quatrième siècle avec l'acception de *chasteté*, qu'il s'agisse d'un homme ou d'une femme.

Sic mihi (v. 91). Nombre d'éditions donnent *sic tibi*, en mettant encore ce distique dans la bouche de Boëce. La pensée du distique suivant est alors mal amenée et tronquée.

ÉLÉGIE IV.

Restat adhuc (v. 1). Un manuscrit réunit les six premiers vers de cette élégie à l'élégie précédente.

Sic vicibus variis (v. 5). On a généralement entendu *vicibus* par *évènemens*; ce qui augmente le décousu des trois premiers distiques. Je l'ai pris avec le même sens que dans cette phrase usitée, *fungi suis vicibus*, et je regarde la pensée du pentamètre comme exprimée d'une manière générale. Dès-lors on ne fait plus dire à Maximien qu'il aime la vieillesse, ce qui est contraire aux plaintes continuelles qu'il fait dans une multitude d'endroits; dès-lors aussi l'hexamètre se lie parfaitement avec le distique qui précède. On se demandait encore comment le poète pouvait, dans le même distique, changer tellement de manière de voir, qu'il donnât à la même action deux noms si différens, *turpes casus* et *molles jocos*. C'est que le second vers se rapporte au plaisir de faire des vers : ce que prouve la conjonction *etenim*, qui commence le distique suivant.

Peut-être, au lieu de *et mutata*, faudrait-il lire *at mutata*, et traduire : *Mais*, quoi qu'il en soit, *le temps passé* (litt., *qui a été changé*) *a toujours pour moi plus de charmes*. On reconnaîtrait mieux dans cette leçon l'inspiration ordinaire de Maximien.

Cymbala multiplices (v. 10). Il est bien évident que *cymbala* ne doit pas avoir ici le sens ordinaire de *timbales*. Ou le mot avait changé d'acception au temps de Maximien, ou le poète s'est trompé dans l'application qu'il en a faite. Mais quelle a été sa pensée? que faut-il entendre d'après les mots dont *cymbala* se trouve accompagné? Wernsdorff propose, *une espèce quelconque de lyre;* parce que, dit-il, la différence de cordes expliquera très-bien le *multiplices sonos*, et parce qu'une lyre, ajoute-t-il, est portée de telle manière : *Ut pendeat ex corpore, vel parte corporis;* comme le dit Tibulle, liv. III, élég. 4, v. 38 :

> . . . .*Fulgens testudine et auro,*
> *Pendebat læva garrula parte lyra.*

L'explication de Wernsdorff est forcée : car *multiplices* indique
le nombre, et non la différence des sons, et le vers de Tibulle ne
jette qu'une bien faible lumière sur le *per totum pendentia corpus.* Lemaire paraît supposer que *cymbala* est pour *crotala*, ce
que d'autres avaient fait avant lui. Peut-être essayerait-on de prouver avec avantage cette synonymie par ce passage de Pignorius,
dans son Commentaire sur les esclaves : « Croton græce pulsus
dicitur, et inde cymbala sic dicuntur. » Mais au moins est-il certain que les anciens réunissaient quelquefois le *cymbalum* et le
crotalum, d'après la xxvie épître à Priape :

> Cymbala cum crotalis, pruriginis arma, Priapo
> Ponit, et adducta tympana pulsa manu.

Ce qui eût été un motif bien léger, il est vrai, de prendre l'un
des deux noms pour l'autre, mais ce qui a probablement suffi à
certains dictionnaires pour admettre la synonymie comme incon-
testable.

Toutefois je me range volontiers à l'opinion de Lemaire. Reste
alors à expliquer *crotalum.* C'était dans l'origine une espèce de
castagnettes ordinairement en métal, que l'on agitait en dansant
comme pour battre la mesure. Les documens historiques nous
montrent qu'au temps de Scipion Émilien ce genre de danse était
en usage chez les grands, ce qui excitait l'indignation du vainqueur d'Antiochus. Or, ce premier sens ne saurait convenir à notre
distique. Heureusement Isidore de Séville nous atteste que l'on
appelait *crotala*, des *grelots*, c'est-à-dire, comme il le définit
lui-même, « Sonoras sphærulas, quæ quibusdam granis interpo-
sitis pro quantitate sui et specie metalli varios sonos edunt. » Le
sens du mot *cymbala* étant ainsi déterminé, il serait possible
d'expliquer facilement *per totum corpus*, en faisant remonter
jusqu'à Maximien cette coutume des fous de roi dans le moyen
âge, mais aussi des saltimbanques, qui attachaient à leurs habits
de semblables grelots. Ceci n'est toutefois qu'une conjecture ; car
je dois avouer que si de nombreuses recherches n'ont rien fourni
qui la contredise, elles n'ont aussi donné aucun argument qui
puisse l'appuyer.

Nunc pulsans (v. 11). Ommeren préfère : *Sive n.* pulsas *n. chor-*

das Arg. quidquid *m. d. loqui.* La leçon *quidquid* est souvent admise.

Fallebam (v. 24). C'est une heureuse correction de Wernsdorff, pour *fallebar.*

Atque aliquis (v. 25). *Voyez* la Vie de Gallus, page jx.

Ludibria (v. 43). Wernsdorff trouve à cette phrase deux sens : « Le sommeil présente-t-il à son esprit de purs fantômes? » ou : « Veut-il se jouer réellement de moi, à l'aide d'un sommeil supposé? » Ni l'un ni l'autre ne me paraît admissibles, et les mots en donnent un troisième, que la traduction essaie de reproduire.

Voluisse meum est (v. 54). De bonnes éditions donnent : « Et *quod non possum, non* potuisse juvat. » La pensée vaudrait mieux en elle-même; mais elle entrerait bien moins dans la série des idées du poète.

Hoc etiam meminisse licet (v. 55). Cette fin fait transition à l'élégie suivante, en sorte qu'on pourrait la réunir à celle-ci.

ÉLÉGIE V.

Missus ad Eoas (v. 1). *Voyez* la Vie de Gallus, page xij.

Hic me suscipiens (v. 5). *Hospitio publico,* ont ajouté les commentateurs; et ils ont rapporté à ce sujet la coutume où l'on était d'entretenir des courtisanes dans les hôtelleries pour attirer les voyageurs. Fallait-il donc tant d'érudition pour expliquer le texte? Le manuscrit de Vossius écrit *suspiciens.*

Etruscæ gentis (v. 5). Quand l'empire romain eut été détruit, et que les Goths se furent établis, sous la conduite de Théodoric, dans les plaines de la Lombardie et de la Toscane, où était plus particulièrement le siège de leur domination, *Etruscus* devint synonyme de *Romanus,* surtout par opposition à l'empire d'Orient. C'est ainsi que le grammairien Phocas appelle Virgile *vatem Etruscum,* et l'Italie *Tuscam tellurem.* Toutefois on peut aussi prendre l'expression dans son acception rigoureuse.

Graia puella (v. 6). C'est le même sentiment qui fait dire à Énée dans Virgile (*Énéide*, liv. 11, v. 152) :

> .....Ille dolis instructus et arte Pelasga.

Plusieurs manuscrits et éditions donnent *grata*.

Docta loqui digitis (v. 17). On a pour cette expression deux sens différens, suivant qu'on la rapporte à la pensée d'Ovide (*Tristes*, liv. 11, v. 453) :

> ....Digitis sæpe est nutuque locutus ;

ou à celle de Tibulle (liv. 111, élég. 4, v. 41) :

> Sed postquam fuerant digiti cum voce locuti.

Rien n'amène et n'indique le premier sens ; le second fait pléonasme avec le pentamètre.

Sirēniis (v. 19). Withof propose *Sirenum*, et au vers suivant, *instar Ulyssis ego*, afin de réconcilier Maximien avec la prosodie. Quant au pentamètre, je préférerais avec Lemaire *alter Ulyxus*; ce qui se rapprocherait davantage de la leçon unanime des manuscrits.

Si l'on examine ensuite la pensée en elle-même, on trouvera la comparaison fautive : car Maximien rappelle les Sirènes, dont Ulysse évita les artifices avec tant d'adresse ; tandis que lui, cède presque aussitôt à la coquetterie d'une femme. Puis, quelle est cette folie que Maximien paraît attribuer à Ulysse ? serait-ce celle qu'il feignit pour ne pas aller à la guerre de Troie ? La chose n'est pas probable, et cependant je ne lui en connais pas d'autre.

Certa se lege moventes (v. 23). Tout porte à croire que l'idée de l'hexamètre est la même que celle de Pétrone, ch. cxxvi : « Incessus tute compositus, et ne vestigia quidem pedum extra mensuram aberrantia. » La signification du second vers n'est pas aussi évidente; on croit généralement qu'il s'agit de la danse, et l'on explique le *plausibus* par ce vers de Virgile (*Énéide*, liv. vi, v. 644) :

> Pars pedibus plaudunt choreas......

Comme ni l'expression ni la série des pensées ne prouve qu'il faille traduire ainsi, peut-être vaut-il mieux regarder le pentamètre comme la répétition de la pensée que le vers précédent exprime, ce qui est si ordinaire chez les poètes même du bon siècle.

Gradibus (v. 25). On retrouve exactement le même mot dans Suétone (*Vie de Néron*, ch. LI) : « Circa cultum habitumque adeo pudendus, ut comam semper in gradus formatam peregrinatione Achaica, etiam pone verticem summiserit. »

Stomachi fultura (v. 29). Horace a employé la même expression dans ses *Satires* (liv. II, sat. 3, v. 154) :

> Deficient inopem venæ te, ni cibus, atque
> Ingens accedat stomacho fultura ruenti.

Mais chez lui les mots étaient pris dans leur acception ordinaire, tandis que Maximien les prend comme une périphrase peu heureuse et peu claire du mot *ventre*. Son intention devient assez évidente, en rapprochant deux passages d'Ovide : l'un dans les *Métamorphoses*, liv. VIII, v. 805, où il dit, en parlant de la faim :

> Ventris erat pro ventre locus; pendere putares
> Pectus..........

l'autre dans le livre I des *Amours*, élég. V, v. 21 :

> Quam castigato planus sub pectore venter !
> Quantum et quale latus ! quam juvenile femur !

Exhausto pectore (v. 30). Scaliger donne à *exhausto* le sens d'*épuisé, étique;* mais ce n'est pas toujours ainsi que l'ont entendu Virgile, Ovide et les autres poètes. *Pectore* est impropre; il fallait *latere*, comme dans le vers d'Ovide qui est cité plus haut.

Urebar (v. 31). Peut-être, à cause des vers suivans, faudrait-il entendre *urebar adstringens*, le vers n'indiquant pas seulement le désir, mais un sentiment produit par la réalité.

Dirigui (v. 35). Ce vers est une imitation de Virgile (*Énéide*, liv. III, v. 308), mais une imitation bien maladroite; car il fait contre-sens.

Troja (v. 41). On sait qu'après la mort d'Hector, Troie succomba sous les ruses d'Ulysse, ruses que Virgile décrit avec tant de richesse au livre II de son *Énéide*.

Nil tactus profuit illis (v. 59). C'est la leçon que Wernsdorff a préférée, d'après l'édition des Deux-Ponts; d'autres critiques distingués ont écrit *nil* tactis *profuit* illis. Les manuscrits portent *nil* tactus *profuit* ullus.

Foco (v. 60). On a voulu lire *toro*, mais sans aucun motif. Le poëte tire une métaphore très-juste d'un foyer que le feu même, suivant lui, ne pourrait parvenir à échauffer.

Ardet amor (v. 80). Cette dernière idée paraît au premier abord en contradiction manifeste avec l'un des vers précédens, quand le poëte dit :

> Cogimur heu! segnes crimen vitiumque fateri,
> Ne meus extinctus forte putetur amor.

Cependant il y a un sens qui peut tout concilier, et c'est, je crois, celui-ci : *L'ennemi*, qui m'arrache à toi, *est d'autant plus difficile à vaincre, que mon amour*, malgré sa véhémence, *voit ses feux amortis avec plus d'empire.*

Argivas.... artes (v. 81). Est-ce une expression vague et générale, comme au vers 6 et au vers 39? ou le poëte veut-il mettre en opposition la corruption des Grecs avec les mœurs d'un peuple que son séjour en Orient et en Italie n'avait pas encore eu le temps d'énerver? ou enfin faut-il prendre *Argivas* pour *Thessalicas, magicas*, comme l'ont voulu quelques critiques, et entendre les charmes à l'aide desquels on essayait d'exciter à l'amour? Rien n'indique l'un des trois sens à l'exclusion des autres, et le vague même de l'expression lui donne ici plus d'énergie.

Expositum (v. 84). Suétone (*Vie de Claude*, ch. xxv) rapporte que l'on *exposait* les malades, et surtout les malades désespérés, dans le temple d'Esculape. Peut-être Maximien a-t-il tiré de cette coutume l'expression *expositum*, qui signifierait alors *malade*; il aurait pu encore la prendre comme synonyme de *depositus*, employé par Virgile, Ovide et les meilleurs auteurs. On sait, en effet, que les Romains *déposaient* les mourans sur la terre, pour qu'ils rendissent à la terre leur dernier soupir, usage que le christianisme a souvent adopté, mais avec une intention différente.

Onus (v. 84). Tous les manuscrits donnent *opus :* cependant nous préférons *onus*, avec Ommeren et Wernsdorff, parce que l'expression se trouve plusieurs fois dans l'élégie 7 du livre III des *Amours* d'Ovide, et que Maximien ne cesse d'imiter à chaque instant cette élégie.

Lacrymarum gurgite (v. 89). Quelle expression ampoulée! Ovide, plus simple, avait dit, dans ses *Métamorphoses*, liv. ix, v. 655 :

  . . . . . . .Et humectat lacrymarum gramina rivo.

Feritura (v. 97). Une édition donne *peritura* : mais quel sens aurait-il? Mieux vaut laisser la faute de quantité.

Deducta voce (v. 105). Macrobe (*Saturn.*, liv. vi, ch. 4) nous a conservé un passage de Pomponius qui rend parfaitement compte de l'expression *deducere vocem*. Le voici : « Vocem deducas oportet ut mulieris videantur verba. Jube modo adferatur unus, ego vocem reddam tenuem et tinnulam. » Nous avons en français une expression analogue, *filer des sons;* elle vient par catachrèse, comme en latin, de l'expression propre « filer la laine, » *deducere lanam.*

Vade, inquam (v. 109). Des manuscrits et des éditions transportent ce distique après le 122e ou le 124e vers.

Deliciis (v. 110). Il y a un premier sens pour ce vers qu'il est très-facile de saisir; mais il y en a aussi un autre plus caché, et que Maximien a dû avoir en vue, d'après le genre de l'élégie entière. On appelait quelquefois *Deliciæ*, ces amantes d'un autre sexe que Juvénal a flétris dans ses satires avec tant d'énergie. Le *cognotis* devient alors une ironie mordante, soit qu'on entende *qui te ressemblent*, soit qu'on traduise *qui sont de ta famille*, parce qu'ils venaient ordinairement d'Alexandrie, en Orient. L'emportement que le poëte suppose immédiatement à Aquilina rendrait la seconde explication plus probable.

Chaos (v. 112). Nombre d'éditions donnent *malum.*

Impendunt (v. 139). Withof voudrait *impendent*, Lemaire *intendunt* ou *intentant*. Il y aurait plus d'élégance dans l'expression ; mais tous les manuscrits sont unanimes; et Maximien, après tout, a fort bien pu écrire *impendunt.*

Affectum ducere (v. 145). On a essayé de justifier *affectum ducere*, que d'autres changent pour *affectum discere*, en citant plusieurs exemples analogues. Virgile a pu dire *colorem ducere;* Ovide, en parlant des pierres de Deucalion, *ducere formam :* Maximien n'en est pas moins pour l'étrangeté de son langage.

Deserit exsequiis (v. 154). On lit souvent, dans les éditions :

Ac velut expletis desinit exsequiis ;

ce qui fait pléonasme avec l'hexamètre. Des manuscrits donnaient *deserit.*

ÉLÉGIE VI.

Claude, precor (v. 1). Un manuscrit joint cette élégie à la précédente.

Numquid et hoc (v. 2). Les critiques me paraissent avoir peu compris ce pentamètre. Ils semblent expliquer : *Veux-tu encore dévoiler tes malheurs ?* mais le *hoc* n'est pas rendu, et il est essentiel à rendre. Maximien dit : *Cesse tes plaintes, âge verbeux;* à moins que tu ne *veuilles*, indépendamment des calamités qui t'accompagnent et que j'ai énumérées plus haut, *dévoiler encore ton penchant à la loquacité et à la plainte.*

Adstrictum (v. 9). Des manuscrits ont lu *adtritum*, qui serait bon; mais il y a une idée de plus dans *adstrictum.* Seulement le poète renverse la pensée, et dit que le chemin est attaché à l'homme, au lieu de dire que l'homme est attaché au chemin. On a remarqué depuis long-temps que la chaîne retenait également le geôlier et son captif.

Hac me defunctum (v. 12). La pensée est assez obscure. Ai-je été assez heureux pour la comprendre, en rapportant *hac parte* à *infelix ?* c'est ce que je n'oserais décider. Mais, en la rapportant avec Lemaire au 117ᵉ vers de la première élégie, c'est-à-dire en construisant *defunctum hac parte,* je n'ai pas vu de sens possible.

FIN.

TABLE.

Ce tableau peut servir d'ordre pour placer l'ouvrage en bibliothèque.

REVERS DE LA MÉDAILLE

CONTENANT LES NOMS DES AUTEURS LATINS ET LES NOMS DES TRADUCTEURS

DE LA BIBLIOTHÈQUE LATINE-FRANÇAISE.

C. L. F. PANCKOUCKE, ÉDITEUR.

Grandeur
de la
Médaille.

Module de 3o lignes.

TACITE C. L. F. PANCKOUCKE. **TITE-LIVE** CORPET. DUBOIS. LIEZ. VERGER. **CÉSAR** LAYA. ARTAUD. **SALLUSTE** DU ROZOIR. **SUÉTONE** DE GOLBERY. **JUSTIN** LAYA. BOITARD. **QUINTE-CURCE** AUG. ET ALPH. TROGNON. **FLORUS** VILLEMAIN. RAGON. **VELL. PATERCULUS** DESPRÉS. **CORN. NEPOS** DE CALONNE. POMMIER. **VALÈRE MAXIME** FRÉMION. **PLINE LE JEUNE** DE SACY. PIERROT. **PLINE LE NATURALISTE** CUVIER. AJASSON. BEUDANT. BRONGNIART. DAUNOU. ÉMÉRIC DAVID. DESCURET. DOÉ. DOLO. DUSGATE. FÉE. FOUCHÉ. FOURIER. GUIDOURT. JOHANNEAU. LACROIX. LATOSSE. LEMERCIER. LETRONNE. LISKENNE. MARCUS. MONGES. C. L. F. PANCKOUCKE. PARISOT. QUATREMÈRE DE QUINCY. ROBERT. RODIQUET. THIBAUD. TRUBOT. VALENCIENNES. VERGNE. **PÉTRONE** DE GUERLE. HÉGUIN. **APULÉE** BÉTOLAUD.	**CICÉRON** AJASSON. AGNANT. ANDRIEUX. BOMPART. CHAMPOLLION-FIGEAC. CHARPENTIER. CHEVALIER. GRESLOU. DE GUERLE. DELCASSO. DE GOLBERY. CH. DU ROZOIR. GUEROULT. LIEZ. MANGEART. MATTER. C. L. F. PANCKOUCKE. PERICAUD. PIERROT. EUS. SALVERTE. STIÉVENART. **QUINTILIEN** OUIZILLE. **SÉNÈQUE LE PHILOS.** AJASSON. BAILLARD. CHARPENTIER. DUPATY. DU ROZOIR. HÉRON DE VILLEFOSSE. NAUDET. E. PANCKOUCKE. ALPH. TROGNON. DE VATIMESNIL. A. DE WAILLY. G. DE WAILLY. **PLAUTE** NAUDET. **TÉRENCE** AMAR. **SÉNÈQUE LE TRAGIQUE** GRESLOU. **PHÈDRE** ERNEST PANCKOUCKE. **SOUSCRIPTEUR** *Noms*........ *Prénoms*...... *Titres*........	**VIRGILE** AMAR. CHARPENTIER. FÉE. PARISOT. VILLENAVE. **HORACE** AMAR. ANDRIEUX. ARNAULT. BIGNAN. CHARPENTIER. CHASLES. DARU. FÉLETZ. DE GUERLE. HALEVY. LIEZ. NAUDET. C. L. F. PANCKOUCKE. E. PANCKOUCKE. DE PONGERVILLE. DU ROZOIR. ALPH. TROGNON. **JUVÉNAL** DUSAULX. PIERROT. **PERSE** PERREAU. **OVIDE** CHAPPUYZI. CHARPENTIER. BURETTE. GROS. CABESNE. HÉGUIN. MANGEART. VERNADÉ. **LUCRÈCE** DE PONGERVILLE. **LUCAIN** CHASLES. COURTAUD. GRESLOU. **CLAUDIEN** HÉGUIN. ALPH. TROGNON. **VALERIUS FLACCUS** CAUSSIN DE PERCEVAL. **STACE** ACHAINTRE. BOUTTEVILLE. BINF. **SILIUS ITALICUS** CORPET. DUBOIS. **MARTIAL** DUBOIS. MANGEART. VERGER. **PROPERCE GALLUS** GENOUILLE. **TIBULLE CATULLE** VALATOUR. HÉGUIN. **P. SYRUS** CHENU.

M DCCC XXV — M DCCC XXXVI.